民国笔记小说粹编编委会

民国笔记小说粹编

辛丙秘苑 寒云日记

袁克文 著

山西出版传媒集团 三晋出版社

图书在版编目(CIP)数据

辛丙秘苑:寒云日记 / 袁克文著. —太原:三晋出版社,
2022.5

(民国笔记小说粹编)

ISBN 978-7-5457-2487-5

Ⅰ. ①辛… Ⅱ. ①袁… Ⅲ. ①笔记小说—小说集—中
国—民国 Ⅳ. ① I246.1

中国版本图书馆CIP数据核字(2022)第083809号

辛丙秘苑 寒云日记

著 者:袁克文
责任编辑:阎卫斌
责任印制:李佳音
封面设计:段宇杰

出 版 者:山西出版传媒集团·三晋出版社
地 址:太原市建设南路21号
电 话:0351-4956036(总编室)
0351-4922203(印制部)
网 址:http://www.sjcbs.cn

经 销 者:新华书店
承 印 者:山西人民印刷有限责任公司

开 本:850mm×1168mm 1/32
印 张:7
字 数:145千字
版 次:2022年7月 第1版
印 次:2022年7月 第1次印刷
书 号:ISBN 978-7-5457-2487-5
定 价:35.00元

总 序

黄 霖

承蒙三晋出版社的错爱，我遵嘱为他们在《民国笔记小说大观》的基础上再做的选粹本作了这个序。说实话，当时我一听这个书名就感到有点头疼，因为自从 1912 年王文濡推出《笔记小说大观》以来，究竟如何认识“笔记小说”这个名目可以说是众说纷纭，非三言两语能够说清，再加上手头的事情实在太多，不想去算这笔糊涂账了。但后来一想，近年来我正从研究近代文论的圈子里跨出来，在关注现代的“旧体”文学与文论，“笔记小说”这个名目作为一种文类或文体亮相并引发了争议，也正是从近现代开始的，因此也不妨乘此机会来梳理一下吧。

显然，要辨说“笔记小说”，首先要将“笔记”与“小说”这两个概念简要地说一说。好在古代对这两个概念，大家的认识本来就大致相近。

假如从《庄子·外物》《论语·子张》《荀子·正名》分别所说的“小说”“小道”“小家珍说”算起，“小说”之名是出现得比较早的。到汉代桓谭《新论》所提的“小说”就与 20 世纪前一般学者所认识的“小说”比较一致了。它指出其特点是“丛残小语,近取譬论,以作短书”。尽管“小说”于“治身理家,有可观之辞”,但据《论衡·谢短篇》等篇的解释,这类“短书”,写的都是“小道”,“非儒者之贵也”。到《汉书·艺文志》就明确在史志目录中将“小说”归为一类,并列出了具体的书名,从中可见,“小说”中既有“史官记事”之作,也有“迂诞依托”之书,另有阐发哲理的议论、风俗逸闻的记载,等等,内容庞杂,范围广泛。以此可见,“小说”这个概念的出现,先是从内容着眼,强调它写的是有别于经传“大道”之外的杂七杂八的“小道”,与此相适应的是在形式上都是“丛残小语”。简言之,所谓“小说”,就是并非正面、集中阐述“大道”的杂、碎文字。

至于“笔记”之名,当后起于文笔相分的六朝。刘勰《文心雕龙·总术》云:“今之常言,有文有笔,以为无韵者笔也,有韵者文也。”笔记,当属用无韵之笔随记而成的、有别于经年累月、深思熟虑写就的杂、碎文字。当时之所以起用“笔记”之名,主要是从写作的方式与形式的角度上来考虑的。一时使用这个概念者也较多,如刘勰在《文心雕龙·才略》中明确地提出了有“笔记”之作:“路粹、杨修,颇怀笔记之工”,“温太真之笔记,循理而清通,亦笔端之良工也”。差不多同时的萧子显在《南齐书》卷五十二《文学·丘巨源传》中也提到了“笔记”之名。到宋代就有了以“笔记”为名的书籍,如宋祁的《宋景文公笔记》、苏轼的《仇池笔记》等等,久盛不衰。假如也用一语而言之,则所谓“笔记”，就是随笔而记的无韵杂、碎文字。

于此可见，“小说”与“笔记”之别，主要是在起用这两个概念时的着眼点、出发点不同，一是从内容出发，一是从写作的方式出发，在20世纪以前的文献学意义上，它们的实际内涵与外延应该是大致相同的，所谓“笔记”或“小说”，都是指经(正)史之外的，包括各类内容与多种形式的零简短章。它们一般都用的是文言，所以到现代，有人在“小说”之前加了“笔记”，用来与“白话小说”相区别；它们一般成集，但也有单篇或零星几章的，特别是在报刊兴起之后，单篇之作也很多。正因为“小说”与“笔记”两个名目，有异有同，古人又似未见对此有所辨析，只是在各自的著作中自做不同的分类或赋予不同的名目，于是就分分合合，弄得缠夹不清了。

不过，据我粗略的检视，在20世纪以前的漫长历史中，文人墨客或用“小说”之名，或称“笔记”之作，绝大多数并没有将这两个名称合在一起，没有把“笔记小说”或“小说笔记”作为一个文体或文类的名称来使用的。偶尔有之，也是为了文气的连贯而将两者作为相近文体或文类而并列在一起而已。假如当时有标点符号的话，应该是写成“笔记、小说”更为确切，只是当时没有标点符号，就将两者并写在一起了，如宋代史绳祖在《学斋占毕》卷二“蔆蔆二物”条中说：“前辈笔记小说固有字误，或刊本之误，因而后生末学不稽考本出处，承袭谬误甚多。”[①]再如清代王杰所编的《钦定重刻淳化阁帖释文》中有一文写道，“各有专书以纠其失，其他见于古今诗、文及说部、笔记者指摘不胜枚举”。[②] 这里的诗与文、说部与笔记之间都是应该加顿号的，它们都是并称的。再如江藩在说钱大昕治元史时说：“搜罗元人诗文集、小说笔记、金石碑版，重修元史，后恐有违功令，改为《元诗纪事》。”[③]其“小说笔记”也只能看作是性质相近的两类文字并写在一起，也并没有将“小说笔记”四字合在一起看作是一个文体或文类。

时代跨进了20世纪，在新的文学思潮影响下，1902年梁启超在正式发行中国第一本小说杂志《新小说》之前两个月，在《新民丛报》第十四号上发了一篇《中国惟一之文学报〈新小说〉》，对将要发行的《新小说》的宗旨、形式、内容、发行等问题做了介绍，特别详细地对将要发表的各类小说做了分类说明，指出有历史小说、政治小说、哲理科学小说、军事小说、冒险小说、探侦小说、写情小说、语怪小说等不同，这些显然都是从内容上分类的。接下来就从形式上、或者说从文体上指出还有“札记体小说”与“传奇体小说”。在这里，“札记”与“笔记”义同。他特别在“札记”与“小说”之间加了一个“体”字，意义非

---

① 史绳祖《学斋占毕》卷二，文渊阁四库全书本。

② 王杰等辑《钦定石渠宝笈续编》卷二十三，清乾隆末年内府朱丝栏抄嘉庆增补本。

③ 江藩《国朝汉学师承记》卷三，清嘉庆十七年刻本。

凡。这表明在新潮的西方文学观念影响下，他所认识的“小说”已不再是传统的不论在内容上还是形式上都是包罗万象、混沌模糊的一个概念，而是开始将“小说”看作“文学”中的一种自具特色的文体，而“笔记”也只是一种特殊的表现形式与手段。正是在转变了小说观念之后，他在“笔记”与“小说”之间加了一个“体”字，以示这类小说是“笔记”类文体或形式的小说。后在《新小说》正式发行时，他又将“札记体小说”略称为“札记小说”。这种“札记小说”的代表作就是“随意杂录”的“《聊斋》《阅微草堂》之类”。这也就是说，“札记小说”乃是一种用随意笔记的形式写就的如《聊斋志异》《阅微草堂笔记》一类的有故事、有人物，乃至有虚构的文字，也就是“札记体小说”。现在看来，梁启超在新潮的纯文学观念影响下，他心中的“小说”已不同于桓谭、班固到刘知几、胡应麟及四库馆臣笔下的“小说”了。他已将“小说”作为“文学”中的一种独立的文体，不再与“笔记”混同一体，而认为古代作品中“笔记”与“小说”这两者的关系，只能是“笔记体小说”或“小说体笔记”，因而在他主编的《新小说》中发表诸如《啸天庐拾异》《反聊斋》《知新室新译丛》等作品时所标的“札记小说”四个字的含义，实际上已经与古人所用的“笔记小说”之义大相径庭，赋予了“笔记体（类）小说”的新意。这是一次历史性的跨越。自此之后，“札记小说”或“笔记小说”四字的含义，就不再只是“笔记与小说”或者是“笔记加小说”一解，而是另有了一种新义了。而且在这里也清楚地告诉了人们,"笔记"与"小说"两者是不能相混的:在"笔记"中有一类是"小说",还有许多并不是小说;在小说中有一类是"笔记体",还有很多是非笔记体的;所谓"札记体小说"或"札记小说",就是用笔记的手法写成的小说,或者说是归于"笔记"类中的"小说"。

梁启超的看法立即产生了影响。继《新小说》之后,不久发行的一些小说杂志,如《竞立社小说月报》《月月小说》,乃至如以学术为主的《东方杂志》之类也都在这样理解"札记小说"四字的基础上安排了这一专栏,发表了一系列的"笔记体(类)小说"。同时,商务印书馆出版的规模宏大的"说部丛书",也据梁氏的分类标准,在每一部的封面上大都醒目地标明了是属于某类小说,如政治小说、军事小说等等,其中也有《海外拾遗》《罗刹因果录》等标明是"笔记小说"。此二书,都是分八则,写了各色人等的故事。这里的"笔记"与"小说"之间虽无一个"体"字,但实际就是"笔记体(类)小说"的意思,都是用随笔的形式写成的有故事、有人物、有虚构的作品。乃至在 1929 年 4 月 2 日的《新闻报》的广告栏中刊载大华书店发售的小说,也标明了不同的分类,除了从内容上区别"武侠小说类""香艳小说类"及新与旧的不同外,另就形式而言也有"笔记小说类"。显然,这个"笔记小说类"也就是"笔记中的小说"或"小说类的笔记",与梁启超的认识是一脉相承的。

但到民国年间出现了新问题,好编丛书的王文濡,接连编印了《古今说部丛书》《笔记小说大观》《说库》等将传统笔记与小说混在一起的丛书。其用“说部丛书”“说库”之名当无问题，而其于1912年用进步书局之名出版的《笔记小说大观》一书，共分八辑，收220余种作品，体量极大，尽管其书的《凡例》称“所选趋重小说”，但同时又说，“然关于讨论经史异义，阐发诗文要旨”等“古人笔记中往往有之”之作品也不忍“割爱”。且开宗明义第一条就说：“本编纂辑历代笔记，起六朝，迄民国，巨人伟作，收罗殆遍。”其书在报纸上刊载的“预约广告”也说：“《笔记小说大观》，系集汉魏以来笔记二百余种之汇刊，都五百余册。”①都是将“笔记”覆盖了“小说”。可见王文濡心目中还是将“小说”与“笔记”混在一起的。这样一来，同样“笔记小说”四字，自古至今出现了三种理解：一种是古代个别学者将“笔记”与“小说”并称而合在一起；另一种是如梁启超们将“笔记”中可称“小说”的一类称之为“札记体小说”或略称为“札记小说”；再者就是王文濡将“笔记”与“小说”混为一类的“笔记小说”。

由于当时的小说界普遍接受了新潮的小说观，而对古人曾经有过的零星将“笔记”与“小说”并称的情况没有注意，所以一见王文濡将“笔记”与“小说”混为一类就多有不满，如在当时文坛上比较活跃的姚赓夔就撰文说：

---

① 《新闻报》《民国日报》1928年6月19日同载。

"笔记小说"四字,最不可解。笔记自笔记,小说自小说,岂可相混?笔记而名之以小说,是何异画蛇而添足乎?①

署名玉衡者也发文说:

笔记与短篇小说,体裁既异,结构亦不自同。而今之作者,往往互相混淆,是无异于孙周之兄不能辨菽麦。②

《海上繁华梦》作者漱石生也说:

笔记有笔记体裁,小说有小说绳墨,二者绝不相混也。③

与此同时,小说界开始注意辨析"笔记"与"小说"的异同。如《申报》1921 年 3 月 20 日载《笔记与小说之区别》,列举了九条,如云:"笔记须有记载之价值,次之趣味;小说须有百读不厌之精神,次之勿使阅者意懈,目不终篇。""笔记重实叙,故曰记;小说可虚绘,故曰说。""笔

① 《小说杂谈》,《星期》1922 年第 29 期。
② 《小说管窥》,《星期》1923 年 7 月 29 日。
③ 《余之古今小说观》,《新月》1925 年 11 月 1 日。

记叙人物、地址皆有名，示翔实焉；小说多以‘某’代之，或并某字而无之，如‘生’‘女’皆成名称，不妨虚衬也。”为了避免将“笔记”与“小说”混淆，一些学者重拾梁启超的旧话，用“笔记体的小说”[①]“笔记式的小说”[②]或“笔记的小说”[③]等提法来取代容易混淆的“笔记小说”。应该说，假如大家都遵循这样的提法的话，后世就不会产生歧义了。

但问题比较麻烦的是，实际上从梁启超始，既创用“札记体小说”之名，又将之略称为“札记小说”，自乱了阵脚。现经《笔记小说大观》热炒畅销之后，特别经过一些“笔记+小说”类的“笔记小说”选本与丛书的不断亮相（选本与丛书中也有一些是只收“小说”的或只称“笔记”的），还是有相当一部分人将“笔记小说”看成是“笔记+小说”的。“笔记小说”一个名目、两种理解状况就始终存在着。

更使人缠夹不清的是，尽管自20世纪二三十年代后，大多数小说史家与文学史家笔下的“笔记小说”的实际含义已是“笔记类小说”，但他们还是乐此不疲地沿用“笔记小说”来论文与著史。最典型的如郑振铎先生，他在1930年写的专论小说分类的《中国小说的分类及其演化的趋

---

① 叶楚伧《中国小说谈》，《民国日报》1923年7月24日。

② 赵芝岩《小说闲话》，《半月》第3卷第14号。

③ 周群玉《白话文学史大纲》，上海群学社1928年版，第123页。

势》长文中，一方面指责《笔记小说大观》收之太滥，强调“笔记小说”丛书应当编成“故事集”，另一方面还是沿用“笔记小说”之名。他说：

> 第一类是所谓“笔记小说”。这个笔记小说的名称，系指《搜神记》（干宝）、《续齐谐记》（吴均）、《博异志》（谷神子）以至《阅微草堂笔记》（纪昀）一类比较具有多量的琐杂的或神异的“故事”总集而言；范围固不能过于狭小，内容的审查，固不能过于严格，然也不能如前之滥，将一切“杂事”“异闻”“琐语”都包括了进去，有如近日出版的通俗本的“笔记小说大观”。我们应该将他们限于“故事集”的一个标准之下，或至少须是具有大多数的故事的。所谓“琐语”之类的东西，像《计然万物录》（编者注：托名计然著，东汉时成书，原书佚，清茆泮林辑）、《博物记》（汉唐蒙）、《博物志》（晋张华）、《清异录》（宋陶谷）、《杂纂》（唐李商隐）、《幽梦影》（清张潮）、《板桥杂记》（清余怀）；所谓“异闻”之类中的《山海经》《海内十洲记》《神异经》；所谓“杂事”之类中的《摭言》（唐王定保）、《云溪友议》（唐范摅）、《北梦琐言》（宋孙光宪）、《归田录》（宋欧阳修）、《侯鲭录》（宋赵德麟）等

等，都是不能算作“笔记小说”的。[①]

在民国时期另作专论“笔记小说”的是王季思先生。他写的《中国的笔记小说》《中国笔记小说略述》两文内容大致相同。其基本意思也同郑振铎。他说：“就笔记说，凡是纯属学术的讨论与考订的，如《困学纪闻》《日知录》《廿二史札记》《十驾斋养新录》，虽是笔记，却非小说。”除此之外，笔记的“轶事、怪异、诙谐”三类中，不论所写“幻想幻觉”还是“所见所闻”，凡有故事，有人物，“最可见作者及所记人物个性”的，就是“笔记小说”。[②]

民国时期两篇有关“笔记小说”的专论，都是认同用四个字来表达笔记中的小说是一种独立的文体。这样的认知与表达实际上也反映了民国以来绝大多数的文学史、小说史作者的看法。不但如此，以后的文学史、小说史作者大都也是如此，一直到20世纪90年代所出的几本具有代表意义的“笔记小说史”，乃至目前最流行的袁行霈先生主编的《中国文学史》与袁世硕先生主编的《中国文学史》，都是将“笔记小说”理解为“笔记体小说”而不是“笔记与小说”的。苗壮先生的《笔记小说史》定义“笔记小说”时说：“以笔记形式所写的小说，它以简洁的文言、短

① 郑振铎《中国小说的分类及其演化的趋势》，《学生杂志》1930年第17卷第1期。

② 王季思《中国的笔记小说》，《战时中学生》1939年第9期；《中国笔记小说略述》，《新学生》1947年第4卷第2期。

小的篇幅记叙人物的故事。”[1]而袁行霈先生主编的《中国文学史》说“笔记小说”是“采用文言，篇幅短小，记叙社会上流传的奇异故事、人物的逸闻轶事或其片言只语”。[2]显然，他们都将“小说”之外的“笔记”排斥在“笔记小说”之外。但是，时至今日，人们在沿用这个歧义的“笔记小说”的名目时，已经很少有人再想起历史上曾经用过的“笔记体小说”“笔记式小说”“笔记类小说”这类比较确切的提法了。

从梁启超到郑振铎、王季思，到当代的文学史、小说史作者们，为什么明明心里想要表达的是“札记体小说”，要将“笔记”与“小说”区别开来，认为混入了不少笔记的《笔记小说大观》收得过滥，而最后还是没有鲜明地表示“笔记自笔记，小说自小说”，还是用了一个容易混淆视听的“笔记小说”呢？我想可能主要是汉字构词的特点所造成的。我们的汉字富有弹性，构词时常常留下了活络的空间。“笔记小说”四字，的确可以包容“笔记与小说”“笔记体小说”“笔记小说这一类小说”这三种不同的理解。谁都可以用这四个字来表达，谁都不能算错。再加上传统写诗作文，用四字构词比较上口，特别如梁启超，在为未出的《新小说》做广告时拈出了“札记体小说”，而当《新

① 苗壮《笔记小说史》，浙江古籍出版社 1998 年版，第 4 页。

② 袁行霈主编《中国文学史》第三版，第二卷，高等教育出版社 2014 年版，第 153 页。

小说》正式付印时，考虑与“历史小说”“政治小说”“科学小说”等并称，就略称为“札记小说”。当时在他心目中，肯定觉得这“札记小说”就等于“札记体小说”，殊不知“札记小说”也可理解成不是“札记体小说”的呢！

再看，从《笔记小说大观》问世以来，陆陆续续用“笔记小说”之名出版的一些选本或丛书，其总体数量虽不能与一些史著与研究著作相比，但其混乱的程度却非常突出。当然，其中也有一些选本或丛书用“笔记小说”或“小说笔记”之名来编选作品时，基本上都是选录了一些有小说意味的作品，如1934年江畬经编选的规模不小的《历代小说笔记选》就是一例。1949年后，如2004年天津古籍出版社出版的《唐宋笔记小说释译》就明确说，“所选篇目以故事性、趣味性的轶事为主”。对于“笔记小说”概念的辨析最为清楚的，要数严杰先生在他编选几种“笔记选”时所写的前言中说的：“笔记小说只是笔记中的一大类”；“笔记大致可以分为三类”，“第一类以记载短小故事为主”，“第二类以历史琐闻为主”，“第三类以考据辩证为主”；“把笔记划分为三大类，并确定笔记小说的范围，需要注意的是，其间界限并不是非常清楚的，只能划出大略的轮廓而已。在确认第一类笔记为笔记小说的同时，也应该承认第二、第三类中也存在着相当数量的小说。笔记小说毕竟不能算是有意识创作的产物，其中的文学成分不是很纯净的”；“我们就不便再把唐传奇当作笔记小说看待了，尽管它同笔记小说有着渊源关系”。[①] 但是，毋庸讳言，还有编选者对于“笔记小说”的概念是缠夹不清的。比如，自《笔记小说大观》之后，1978—1987 年台北新兴书局出版的《笔记小说大观丛刊》，1990 年、1994 年先后由周光培编辑出版的《历代笔记小说汇编》（辽沈书社）、《历代笔记小说集成》（河北教育出版社），1999—2007 年上海古籍出版社出版的《历代笔记小说大观》，规模都很庞大，然其所收的没有小说意味的笔记触处可见，显然它们都是受王文濡的影响，将笔记与小说混为一类的。还有的，甚至将传奇、通俗长篇小说都纳入“笔记小说”之内，如有《清代笔记小说类编》一书，其《总序》说：“全书以传奇体小说为入选重点，从清人所作的约一百五十部笔记中选取二百余位作家创作的约一千九百篇作品，按类分编成十卷。”[②]我真不知道他选的究竟是传奇还是笔记。还有的竟然将《岭南逸史》《儒林外史》这样的长篇通俗小说也归入“笔记小说类”。[③] 此外，还有不少人将“笔记小说”与从语言上分类的“文言小说”混为一谈。如江西人民出版社 1984 年出版的《历代笔记小说选》称：“我国古代短篇小说，可分为两种：一是笔记小说，一是话本小说。前

① 严杰《唐五代笔记小说选译前言》，《唐五代笔记小说选译》，巴蜀书社 1990 年版，第 1—6 页。

② 陆林《〈清代笔记小说类编〉总序》，《清代笔记小说类编》，黄山书社 1994 年版，第 3 页。

③ 《新闻报》1929 年 4 月 2 日载大华书局广告。

者是用文言写的，后者是用白话写的。”诸如此类，可见对于“笔记小说”的理解真是五花八门，难怪程毅中、陶敏等先生站在不同的角度上大呼“笔记小说”的提法“于古于今都缺乏科学依据”，[①]“造成了许多混乱”。[②] 的确，这种混乱的局面再也不能继续下去了。

如今，我们要厘清“笔记小说”这个概念，就应该既要尊重历史演变的实际，又要解开一个结。这个结，就是要在正确认识传统的“大文学观”与目录学的基础上，去顺应近现代中西文学交流下的文学观念的通变，接受新的“小说”观，从而重新审视传统的“笔记”与“小说”。我们不能简单地认为接受新的小说观就是“以西律中”，抛弃传统。事实上，中国传统的包括叙事文学观在内的文学观本身也是在不断地发展变化，对于“文学”不同于学术乃至其他所有“文字著于竹帛”者而自具特性的认识也在不断发展与深化。就“小说”而言，对于这一文体的叙事、写人、虚构等特质的认知也是在一步一步地从混沌走向明晰，所以当西方的小说观传入后就能一拍即合，相互融合，形成了一种新的“小说”文体观。20 世纪以来逐步形成的所谓“小说”，乃至“笔记小说”“传奇小说”“话本小说”“章回小说”等名目，都是在立足本土、借镜西方、反复

---

① 程毅中《略谈笔记小说的含义及范围》，《古籍整理研究学刊》1991 年第 2 期。

② 陶敏、刘再华《“笔记小说”与笔记研究》，《文学遗产》2003 年第 2 期。

讨论的过程中形成的具有中国特色的新概念。这种新的小说文体观的确立与分类的细化，正标志着中华民族文化的进步，也显示了我们民族具有包容与消化世界先进文化的胸怀与能力。实际上，我们对于古代与西方的文化，都应该以一种辩证的、发展的、现实的眼光来看待，站在当代的、中国的、科学的立场上来接受与扬弃。承传中华民族文化的优秀精神，不是要倒退，而是要向前。假如今天不接受百年来形成的新的小说观，再将古今两种小说观搅在一起的话，“笔记”与“小说”的糊涂账将是永远算不清楚的了。

当我们辨明“笔记小说”四字的前世今生，再面对现实的发展态势，我相信将来的发展可能不用学者们过多辩说，事实上会“约定俗成”地形成这样的情况：“笔记小说”四字即表达了“笔记体小说”或“笔记类小说”“笔记式小说”的意思。这已为自梁启超以来的百余年历史所证明，绝大多数小说家及文学史、小说史专家，以及多数“笔记小说”的选本、丛书等出版物，都是将“笔记小说”理解为用笔记体写成的、大致符合现代文体分类中具有“小说”意味的作品。它是“笔记”的，也就是不同于有完整故事的传奇，更不是通俗长篇之作，而是一些随意编录的零简短章；它是含有现代所理解的“小说”意味的，其核心是记事的，或实或虚，或真或幻均可，而不同于传统习用的内容没有边界、相互纠缠不清的“小说”“笔记”“说部”“杂说”等名目了。

至于将“笔记”与“小说”混成一体的、甚至再羼杂“笔记”“小说”之外作品的“笔记小说”观，虽然在一些选本与丛书中偶然还看到，但实际数量是并不多的。而且我们还应该注意到，不少选本与丛书的选家，为了避免混淆“笔记”与“小说”，就干脆只用“笔记”之名而摒弃了因古今理解不同而容易引起歧义的“小说”两字，在《笔记小说大观》之后，就出现了为数不少的唯名“笔记”的选本，如姜亮夫编的《笔记选》(北新书局1934年版)、陈幼璞编的《古今名人笔记选》(商务印书馆1938年版)、叶楚伧主编的《历代名家笔记类选》(正中书局1943年版)、吕叔湘编的《笔记文选读》(文光书店1946年版)、刘耀林编的《明清笔记故事选译》(中华书局1962年版)、《历代史料笔记丛刊》(中华书局于1979年起编刊)、周续赓等编的《历代笔记选注》(北京出版社1983年版)、福建师范大学历史系华侨史资料选辑组编的《晚清海外笔记选》(海洋出版社1983年版)、卉子编的《中国古代笔记文选读》(四川少年儿童出版社1986年版)、偬仕编的《魏晋笔记选》(中国文学出版社1999年版)、黄飙编的《历代笔记选析》(海峡文艺出版社2015版)、倪进编的《唐宋笔记选注》(上海教育出版社2016年版)和《元明笔记选注》(上海教育出版社2018年版)等等，其中有的甚至主要或全部收的是“笔记体小说”，也宁可用“笔记”之名而不带“小说”两字了。这与1983年江苏广陵古籍刻印社重刊《笔记小说大观》的序言提到的一种看法完全相同：“笔记就是笔记，联带上‘小说’有点不伦不类，不如叫《笔记大观》为好。”[①]这的确既遵循了传统，又避开了混乱，可谓是明智之举。以后欲将“笔记”与“小说”混为一类的选家，不妨都照此办理，只用“笔记”或“说部”之类中国传统的概念来标名，恐怕不失为一条坚守传统的老路吧！

至于有时要将“笔记”与“小说”放在一起并称的，那就比较简单，只要中间加个顿号就解决了。

这样，用三种方法来表示三类本来纠缠不清的“笔记小说”，就不会相混了。我相信，历史的发展必然会继续沿着百余年来已被多数学者所认同和走过的这条道路继续前进。

行文至此，话归正传。我们打开山西古籍出版社1995年始出版的《民国笔记小说大观》，共有四辑52种，其中除《曾胡治兵语录》一编外，大致都有现代意义上的“小说”味。如今又出《民国笔记小说萃编》凡24种，已无《曾胡治兵语录》一类的笔记了，但其中有三部书也可能会产生一些不同的看法。第一部是刘成禺的《洪宪纪事诗本事簿注》。假如从传统文献分类来看，它的基本性质是一部诗注。但它是用“笔记小说”类的文字来注的，其注98篇文字编撰了丰富而生动的故事，说它是笔记体小说也应该是可以的。第二部是《寒云日记》。“日记”本身

---

① 高斯《重刊〈笔记小说大观〉序》，《笔记小说大观》，江苏广陵古籍刻印社1983年版，第2页。

就是一体。这本日记又夹杂了不少有关诗词的著录、名物的考辨等，然“日记”作为按日所记之笔记，作者又以自己作为中心，用其简约、隽永的文字，逐日记事写情，还是具有一点“小说”因素的。第三部就是缪荃孙之《云自在龛随笔》。从此书的主要成分看，实是一部学术随笔，所记多为金石书画、版本目录之学，但中间亦可见多篇记事写人、饶有文趣之作。所以这三部书，虽然显得各有一点另类的味道，但就其实，用比较宽松的眼光来看，不妨也可列于“笔记小说”之中吧。

至于其他著作，几乎都是记述一些社会生活中的大小事件、人物轶事之类，作者当时往往将它们视为“掌故”“杂史”“稗史”之类的史著，未必认同这也是“小说”。本来，在古代笔记中有小说味的作品主要是两类，一类是记鬼怪，另一类是记人事。记人事的也有虚、实之别，当然是写实的居多。凡所谓稗史、掌故、野史、琐记、轶闻等等，名目繁多，都是以记人叙事为主。在晚清民国时期，倡导科学，因而多视记鬼怪者为迷信，不少作者有意回避。与之相应，此时做笔记者大都自命其作是为了补翼正史。作者又多生于高官世家，或本身就是名流学者，熟稔朝廷内外及学界文场的种种故实，所记多自亲睹亲闻，有的还到图书馆里翻阅书刊查证。笔下虽有一些是梳理了历史上的陈迹，但最可宝贵的是触及了晚清民国时期诸如宫廷斗争、外交风波、官场倾轧、吏治腐败、名臣功过、史事曲折、遗老姿态、名士趣闻等方方面面，且多标榜信实，自诩为良史。固然，这些笔记，从作者的写作意图来看，他们主要是想写“史”，而不是要创作小说。后来的历史研究者们，引用这些民国笔记中的片段时，也往往将它们作为故实来证史。它们“史”的本质毋庸讳言。

强调信实的历史著作，与可以虚构的文学创作，从现代学科分类来看，当然是两个门道。但是，它们最重要的一个内核，即记事，是相同的。古代朝中史官之记事，当然是一件十分严肃的事情，所谓“圣人之记事也，虑之以大，爱之以敬，行之以礼，修之以孝养，纪之以义，终之以仁”(《礼记·文王世子第八》)。但后来到民间记事，就未必如此郑重其事了，所记未必都是国家大事，也有的来自道听途说，再有的加些油盐酱醋，甚至有的还故意幻设了一些故事，于是就出现了所谓“稗史”“野史”“外史”，乃至“谐史”“趣史”之类，虽也称之为“史”，但此史已不同于彼史了。更何况，就是一些纪传体、纪事本末体之类的所谓“正史”之作，所记之事，所写之人，也有的富有文学意味，人们也常将它们当作文学作品来欣赏。一部《史记》，不是在“中国文学史”著作中也有着崇高的地位吗？与此同理，民国间那些用笔记的形式，所记的大大小小的故事、形形色色的人物，不也可以当作文学中的一类“小说”来欣赏吗？

事实正是如此。我们就以颇有代表性的瞿兑之来说吧。他在民国期间大力提倡“掌故学”，其主要精神是为了在“正史”之外用“杂史”来保存与发掘真实而完整的史料。有人称他是继王国维、梁启超之后，可与陈寅恪相颉颃的“史学大师”。[1] 他认为，自宋以后，在“正史”中已找不着“政治社会制度之实际情况”了，这是因为“自来成功者之纪载必流于文饰，而失败者之纪载又每至于湮没无传。凡一种势力之失败，其文献必为胜利者所摧毁压抑”。所以治史者“为救济史裁之拘束，以帮助读史者对于史事之了解”，必须“对于许多重复参错之琐屑”加以综合审核之后，“存真去伪，由伪得真”，所以“杂史之不可废”。更何况到了清末，“文字之禁骤然失效，从前闷着不敢说的一切历史上疑案”，人们都敢说敢写了，再加上私家印书方便，报章杂志风行，笔记杂事轶闻之作就纷然而起，以求在“史学上”做出贡献。同时，从文字表达的角度来看，他认为先前的《史记》《汉书》，“叙述一个重要人物每从一二节上描写，使其人之性情好尚，甚至于声音笑貌跃然纸上，即一代兴亡大事，亦往往从一件事故的发生前后经过著意叙述，使当时参加者之心理，与夫事态之变化都能曲折传出，而其所产生之果自然使读者领会于心。”但“后来史家每办不到而渐趋于官样文章之形式。所以然者，秉笔之人多少有一点公务的史职在身，而后代的文网较为苛密，加之私家的传说太多，不是公认的话不敢说，不是官式的史料不敢依据，因此虽然极好的史裁也受

---

① 周劭《瞿兑之与陈寅恪》，《闲话皇帝》，上海书店 1994 年版，第 113 页。

了限制，不能像《史记》那样活泼泼地了。”[①]所以现在他要从“杂史”中找回“正史”中早就不存在的那种“活泼泼”的文字，这也就使他们的“笔记”“掌故”等杂史之作带有了文学味、小说味。他们写的既是史著，但又可视之为“小说”了。且看其《杶庐所闻录》中有一则记张之洞曰：

> 张文襄虽主新政，而思想陈旧，亦出人意表。其在鄂督任时，公文不用新语，必苦思所以代之者。及入管学部，一日稿中偶有新名词。公批曰：“新名词不可用。”部员某年少好事，戏夹签于内曰：“新名词亦新名词，亦不可用。”次日更定上之，而忘去此签。公见而惭怒，竟日不语，遍翻古书，欲有以折之，卒不可得，乃霁颜谢焉。[②]

此短短数语，将虽主新政、思想仍旧的张之洞，围绕着“新名词”一词，对于属下批评后的神情变化，表现得惟妙惟肖。另见其《辛丑和约余闻》一则，就李鸿章签订和约事，写张之洞与李鸿章因两人所处的地位、经历不同而各持己见，各有意气，只用了一二语，即神情毕现：

---

① 瞿兑之《〈一士类稿〉序》，《一士类稿》，《民国笔记小说大观》第二辑，山西古籍出版社 1996 年版，第 17—27 页。

② 瞿兑之《杶庐所闻录》，《民国笔记小说大观》第一辑，山西古籍出版社 1995 年版，第 27 页。

> 辛丑议和之役，李鸿章一手主持，不免有徇外人之意太过者。当时急于求成，亦无人起而抗争。惟与俄国单独订密约一事，众议哗然，中外皆不以为然，卒未画押。张之洞、刘坤一争之尤力。相传刘、张联衔电李争持，实出张之手。李愤甚，电致军机处，谓："不意张督任封疆二十年，仍是书生意见。"张闻之亦惭怒，谓人曰："李相办和议事二三次，便为交涉老手耶？"①

与瞿兑之同道的有徐一士，写的笔记小说也多，他们两人一吹一唱，所持的观点完全一致。徐一士也认为笔记首先当写得"不违乎事实，而有益于知闻"，同时要有文采，"或为工丽之章，或具闲逸之致"。但在"专制之朝，王者为防反侧"，迭兴文狱，"故以当时之人而为私家之著作，处境綦难，有时饰为颂扬，良非得已。至清之既亡，则野史如林，群言庞杂，秽闻秘记，累牍连篇，又过于诞肆，楚则失矣，齐亦未为得也。"至于民初设清史馆，所编《清史稿》之类，"取材循官书文件之旧，评赞多夷犹肤饰之词"，根本无当于"史笔"。因此，他要将"有清一代，专三百年中华之政，结五千年专制之局，为世界交通新陈代谢之窔键"中的"是非得失"，"爬梳搜辑"，通过"随笔之体"

---

① 瞿兑之《杶庐所闻录》，《民国笔记小说大观》第一辑，山西古籍出版社1995年版，第194页。

来“贡一得之愚”。[1] 他自幼就好读《三国演义》《水浒传》《西游记》《封神演义》《聊斋志异》《儒林外史》《隋唐演义》《儿女英雄传》《三侠五义》等“闲书”，以听故事为乐，这种熏陶，就使他的笔记更有小说味了。其他收入此编的诸作，虽然文风有异，繁简有别，但大都如这样的一些文史兼备之作，读来皆有兴味。所以此编名之为《民国笔记小说粹编》，也可谓是名副其实，不知读者以为然否？

2022年1月2日

① 徐凌霄、徐一士《〈凌霄一士随笔〉自序》，《凌霄一士随笔》，《民国笔记小说大观》第三辑，山西古籍出版社，1997年版，第8、9页。

编纂凡例

《民国笔记小说粹编》，选编民国时期笔记小说名家名作，呈现民国笔记小说主要面目，以利阅读和研究。

一、命名。笔记小说是对文史掌故笔记著作的传统称谓。《四库全书总目提要》将掌故著作归于杂家及小说家等类，20世纪20年代有集古代掌故笔记著作之大型丛书《笔记小说大观》出版。至90年代，本社出版《民国笔记小说大观》凡四辑52种49册。本次整理选其精要，亦收新品，精编精校，名之曰“民国笔记小说粹编”。

二、收录范围。本丛书主要收录民国时期（1912—1949）撰写或出版过的文史掌故著作。兼收个别清末出版的重要掌故笔记，因这些清末著作实质上是民国笔记的先声，对民国笔记的繁荣发展起过巨大的推动作用；但只限于其作者为入民国后仍从事创作活动并有相当影响者。丛书所收民国笔记均在万字以上，个别有特殊价值的不受字数限制。

三、排版、文字。简体横排。

四、点校、加注。凡有多种版本的，择一善本为底本，他本作参校，需要时出校记；手稿或单一版本的采取自校。整理时原则上保持底本文字原貌，异体字一般统一为规范字（涉及古地名、人名、译名等的字不在此限），凡明显错讹缺衍之字、词，均做改正并加以标示，符号为：原稿残缺或无法辨识的字用“□”标示；错别字后跟改正字外加“（ ）”标示（以下情形不做标示：人名前后不一致的，径改为正确人名；词形不一致，原文即混用的，直接统一改为现代汉语规范字，如“看作”“看做”统一改为“看作”）；缺脱字直接补充字外加“〔 〕”，衍文外加“〈 〉”。丛书正文不加注释，需特殊说明之处，做脚注，或于导言中予以说明。

原书未分段、标点者，均分段并以新式标点标点。如有整段引文或整首诗词等，亦分段。

特别说明：书稿中用语、用字、用法具有时代特征，与现行规范不合的，保留原貌，如“的、地、得”的使用；“右述”“如左”等原有格式标指文字，保留原貌；特殊的公文（如法律条文等），原文未标点，保留原貌；音译外国人名、地名等，保留原貌。

五、撰写导言，拟小标题。本丛书每部书前均由编者撰以导言，对作者生平、版本流变及内容特点等予以简介。对未予随事标题之笔记，凡有条件者，均酌情拟小标题（此种情况须在导言中说明），以便索引及阅读。

六、原书中有“胡清”“发逆”“拳匪”“蛮”“夷”等歧视性称谓，以及某些不当观点，为保存原著全貌，保存原著作者观点，均未予删节或更改，特此申明。

由于时隔久远、资料不足，加之其他种种原因，本丛书虽纠正了原著诸多误载，但绝难尽善尽美，敬希读者予以指正。

民国笔记小说粹编编委会

2022年2月

目　录

寒云日记

导　言

袁克文（1890—1931），袁世凯的次子，字豹岑，一字抱存，号寒云，别号寒云主人、万寿室主等。袁世凯称帝，寒云似心有不愿，赋诗“绝怜高处多风雨，莫到琼楼最上层”，予以讽谏，乃父不听；又与其热衷于当皇太子的长兄袁克定不睦，故避地沽上，之后闲居上海，吟风弄月，任气任情，做起特殊的名士来。由于他从小受到良好的教育，加之天资聪明，地位特殊，诗词书画、收藏鉴赏无不精通，恭维他的人就送他一个“陈思王第二”的称呼。不管这称呼是否具实，但在人生不甚得意方面却真有点像三国时曹魏的曹植。

寒云的著作甚多，生时不甚留意，随作随散，但他的笔记却在其身后几十年里尚被许多人记得，这主要是他的笔记文字练达，且较为详细地记录了袁世凯家族的历史，以及袁世凯称帝前的种种内幕。这些笔记大致有《辛丙秘苑》《新华秘记》《三十年闻见行录》《洹上私乘》，以及其日记著作，人称《寒云日记》。

关于《辛丙秘苑》，悉知详情的郑逸梅先生说：《辛丙秘苑》，辛指辛亥年（1911），丙指丙辰年（1915），撰写辛亥以后袁项城与政局关系的事情，载于《晶报》三日刊上。《晶报》由是销数激增。本拟写二三十万言，后来他和《晶报》主编张丹翁为交换古玩闹翻了，仅成数万言，不了而了。该文虽然有些地方是子为父讳，如谋刺宋教仁之事，洗刷得一干二净，全推在陈士英和应桂馨身上，完全颠倒是非，但其他所记，皆其亲历见闻，堪称第一手资料。……其内容有刺吴禄贞，袁克定被逼居彰德，天津兵变，赵秉钧庇护王治馨，张振武之被杀，江朝宗的悖谬，江亢虎主社会党，袁克定坠马受伤，筹安会的发起，何震彝被诬，冯国璋嫉妒郑汝成，定女冠制服，陆建章素号"屠夫"，荣禄故园开游艺会，易实甫作诗咏致失参政院政职，段祺瑞外刚内荏，洪宪改元，徐世昌好金石不辨真赝，孔庙观古器等，均属珍闻。本次整理，以大华出版社一九七五年四月初版为底本，于每则轶事均加拟标题，便于读者阅读。

关于《寒云日记》，本有数卷，自甲子（1924）至庚午（1930），凡七年，大抵叙友朋游燕之迹，而于所嗜者如货币、邮券、图书等亦多有记述。据传甲子、乙丑二册为张学良将军携带，后在香港遗失，现所遗存，仅丙寅（1926）、丁卯（1927）二册，为刘少岩先生所得。民国二十五年（1936），少岩将其影印，二册，双鱼尾格，丙寅册下书"双佩印斋制"，丁卯册下书"寒云写书格"，白宣红格，天宽地窄，笔迹疏朗，一丝不苟，偶有所感，则批于眉顶，卷中凡述及重要文物如印玺、货泉，则予影印，凡数十幅图，清晰可见毫发。本次整理，即以民国二十五年（1936）手稿本为底本，予以标点重排，简写、异体等手书之字均作规范处理；手稿修改之处，以括注变字体形式标示；补写之处，径排入文中；所有插图，均照原样影印，以便读者鉴赏。

郑逸梅先生曾撰写一文《"皇二子"袁寒云的一生》，署名陶拙庵，详述寒云生平事迹及著述，极富资料价值。本次整理此文，以大华出版社一九七五年四月初版为底本，依体例稍事修改，有关袁寒云引文据《辛丙秘苑》《寒云日记》统一，个别说明括注"编辑者注"（区别于原文之"编者志"）。此文附于书末，以便读者参考。

辛丙秘苑

自　序

有清末季，亲贵专恣，苞苴党比，祸伏患烈。辛亥变革，先公承危，历四载事差定，一日万几而神颓矣。不肖者乘先公之衰，妄冀高位，强谋帝制，先公深居，左右壅蔽。于是危乱复构，几溃全功。先公既省，贻害在躬，遂一愤而绝。呜呼哀已！兹数载间，传说纷纭，莫衷一是。不佞以所见知，笔之于书，既以明先公之苦心，且以矫外间之浮议，或召怨毒，非所计也。寒云自序。

一　暗杀宋遁初

宋遁初入都，先公一见，即大称赏，每谈政事，辄逾夜午，欲以内阁畀之。遁初谓：“尚非其时。拟南下一察，庶有把握。”遂出京，居于沪，虽同党中亦不深悉其所欲为（按：系一九一三年）。

二年冬，予适在沪，知先公遣秘使迓遁初者数至。遁初察之稔，欣然命驾。行之先，陈英士、应桂馨等宴之。筵间，陈询其组阁之策，遁初曰：“惟大公无党耳！”陈默然。应詈曰：“公直叛党，吾必有以报！”言时，即欲出所怀手枪，座客劝止之。遁初曰：“死无惧，志不可夺。”遂不欢而散。而陈、应日相筹谋。予故友沈虬斋，陈之党也，曾谓予曰：“遁初不了！”予详诘之，虬斋曰：“同党咸恨之，陈、应尤甚，迩来靡日弗聚议，虽亲如予，亦不获闻，偶密窥探，辄闻遁初云云，辞色不善也。”

未几难作，遁初竟死矣！应桂馨知赵秉钧畏遁初夺其位也，遂假道于洪述祖，诱得电信，初意但为邀功计，不期适以此而移祸也。

先公与予言及遁初之死，尚挥泪不止，盖深惜其才。先公且曰：“前亡午桥，后亡遁初，予之大不幸也。”午桥，端匋斋丈也。先公初不知赵、洪之谋，及电发觉，尚不信赵之出此，赵亦力白为人伪造，非己所发。予力劝先公通电自辩，先公曰：“予代人受过多矣，从未自辩，我虽不杀遁初，遁初乃由我而见杀，更何辩！彼明察者，必自知之。不思予既欲杀之，不必招其来，而径杀之可也；或待其来，陷以罪杀之亦可也。杀之之道不一，何必数使招之，乘其将行而杀之？斯明授人以柄，虽愚夫不为也。况反对予者，如孙文、黄兴、陈其美辈，皆可杀，何必择一助予组阁不用党人之遁初而杀之？此理不辩，必有自明之日也。惟予必杀应桂馨，为遁初复仇可耳。"

斯时应已就狱，赖陈其美辈隐为之助，而北方之势力，尚未达于沪，赵、洪又不自承，且为证之电，惟"毁宋酬勋"四字，既云酬勋，而内阁并无为洪辈请勋事，故先公始终坚持不使赵就沪狱。令提应等入都，南中又坚持不许，相持至二次革命，陈始拯应出狱，既谓应贪北方之勋而杀遁初，陈反拯之何也？及事平，应请洪解说，欲效忠于北，先公佯许之，赦其罪。及应至都入觐，先公俟其退，语雷震春曰："应某狼视，不可留也，且遁初死其手，尤不可不诛之。"雷曰："应某遵令投诚，诛之不信，且有以阻后来者。如必杀之，以暗刺为宜。"

又越数日，先公闻应居旅馆，过事招摇，乃令雷速办。雷一方嘱人告应曰："元首以君居京，易触人耳目，可赴津暂避。"一方遣人伺其行随之，刺杀于车中。

杀遁初之主谋者，陈、应也，应既诛矣，陈亦被刺于沪寓。与闻者，赵、洪也。赵为仇家杨某所毒，洪则授首于狱。行事者，武某也，入狱未久，即被毒杀以灭口矣。

遁初之仇，可谓复矣，而先公冤久不白。予既知之详，则不忍不言，非予祖所亲也。先公居位时，执法处杀人多矣，予亦不能为讳。遁初，先公新友中最善者，旧友以端匋斋丈为独厚，且推其才为清臣第一，竟以端比遁初，其重视可知。重视而杀之，不义也，且无是理。故就予所闻见，不虚一字以告世人。遁初有灵，当亦不甘使先公长冒杀之之名而弗白也。

二　大兄酿祸

（一）　吴禄贞之死

辛亥八月廿日，正演剧为先公祝嘏，京津亲故，咸集洹上。翌日，犹备续演，而武汉起义之电至矣，座客相顾失色。先公曰："此举非洪、杨比也。"剧、宴皆止。又数日，总督两湖之命下，僚属促驾。先公曰："尚非其时也。"及督师全权命下，始整备行装，招致属部。比发，招张士钰、袁乃宽及大兄与予至，谓大兄曰："尔从予征。"顾予曰："尔留守。予以身许国，家事尔自主之。士钰统守兵，乃宽掌军需，助尔守护，勿相悖背，予心安于外矣。"遂率师南下。

大兄初以资拜载振、溥伦门，以求钦使，或迁侍郎，诺之而久不报，大兄心衔之。会军兴从征，乃说先公反戈北指。先公叱之，命其入都供职。适吴禄贞简山西巡抚，大兄知其有异志，约为兄弟，每夜吴以巨帽覆首，轻车过锡拉胡同大兄寓宅，大兄屏退仆从，深室密谈。田鸿恩乃先公旧仆，使随侍大兄。田觉吴隐避可疑，且知大兄以数万金授吴，乃密入窥听，闻有“夺彰德、断后路”之语，大骇，急告予。予邀张士钰、袁乃宽议筹防卫，以炮兵守铁道桥梁，机关枪队佐之，阻其来途，且使人至石家庄探吴举措。吴至石家庄止，不入晋，邀将士议劫彰德。有先公旧部隶吴军下，闻议愤甚，夜入吴室刺杀之。彰德官绅初闻吴克期来劫，甚为惶惧。予与张、袁力为慰解，而中心焦灼，虑兵寡不足分布，旋知吴见杀，一时人心始释然。

（二）东安门外之变

大兄谋既未成，乃信川人某之献议，广招亡命，购炸弹，拟掷入清宫，以驱溥仪。适先公拜总理内阁之诏，大兄乃驰省先公，力阻北行。先公哂之，即解符授代者，入就阁任。大兄日与统卫兵之唐天垚及川人某密议克日举事，乃邀倪嗣冲谓之曰：“兄与予交，独善且厚，今有要事，必兄为助，兄誓勿泄勿背，始可详告。”倪乃遵誓焉。大兄曰：“已招炸弹队数百人，以唐天垚统之，约定明日之夜，请兄以兵卫主座，专车赴津，使唐指挥入炸清宫。事成，即推主座即位于天津。事关重大，不可为他人道也。”倪佯诺之，时近子夜，急去告段芝贵，盖倪、段时为左右翼长，责所在也。段惊曰：“如此大局危矣！且事迫，不可稍缓。”乃同诣徐世昌寓邸，属守门者入白请见，出曰："中堂寝矣，请明日来。"倪、段曰："有急要事，不可待至明日，务恳中堂赐见。"守门者重入白，乃延倪、段至寝室见徐。倪、段悉以大兄之谋告。徐初不信，倪、段曰："若查无此事，请斩嗣冲、芝贵之头。"且曰："府主与中堂交最久，又敬信中堂，今事危急，乞中堂今夜一行，以解祸乱。"徐乃偕倪、段叩先公之寝。先公拥衾坐，延徐入，询何急务，徐即述倪所告，及所闻大兄之语。并云："公如不信，可招倪嗣冲入。"传倪，详诘之。倪陈所闻，且曰："如无据，可断嗣冲头。"先公笑曰："予知之矣！大哥可归寝，丹臣亦勿忧。"大哥谓徐，丹臣倪字也。徐、倪、段咸各返寓。

先公命告京汉路局，备专车晨发。又使人以摩托车待于邸门。拂晓，大兄入省，先公谓之曰："汝母病，念汝，属予令汝归，且四方不靖，彰德居中，而家又居焉，防不可偶忽。今有策划，汝速归，与士钰、克文筹之。"大兄迟迟曰："今日尚有事，明日再归。"先公曰："不可，车已备矣，专载汝行。"即顾左右曰："摩托车备否？"咸应曰："已俟于门矣。"先公命左右曰："速送大爷登车。"又命侍者送至彰德，且曰："到彰德，立电来。"大兄不敢违，而不审先公何遽令行，又不获嘱告唐天喜及所招之徒众，乃怅怅行。

先公俟其去，呼唐至，大叱之，并诘今夕之事，唐伏地不敢仰视。再诘，乃跪陈曰："咸大爷之命，天喜焉敢违拒。"先公曰："大爷命尔死，尔死乎？既不敢违，何不告予？今免尔一死，速以资散所招徒众，炸弹立搜毁。如泄于外，或徒众妄生事端，即斩尔头。”唐叩谢，及出，色大变而汗浃背矣。遂遵谕处置，所招集者众，未能周遍。有数川人，不见资遣，乃生怨恨，且所造炸弹亦未毁，遂有东安门外之变。幸弹掷下，为自来水巨管所阻，管适蔽先公之车，故弹裂，前后从者皆伤，而先公独无恙；马亦伤，犹能疾驰，入邸门，始倒地。又幸御者机警，不行故道，改绕远途归，而故道中，尚有怀弹待掷者在焉。未几，掷弹者尽获，执法处讯之，知为前事之遗祸，不敢上闻，遂尽毙之以结案。大兄时居彰德，犹不知祸由己酿也。

三　赵秉钧之死

天津兵变，警卒多与匪结合，恣意行掠，警厅长杨以德原为天津之贱流，曾为车役，及官，用其徒丁某，尤卑苟者也。复有纵下贿上之实，枢府闻之，欲罪而未发。赵秉钧督直，属其密察。赵固深恶杨，比至，杨入谒，赵初严诘，杨犹自辩，赵怒，作村妇之骂，且以足蹴之。杨惭惧而退。赵已拟穷究。越数日，赵访客归，猝病，不能言，未竟日卒。初，先公闻赵病，遣予临视。予至，赵已绝矣。先公电来，令予详察死状。予就赵尸，见其目合口张，面肤青灰，握其右手，指尚微柔，开而不敛，指甲青紫，唇黑紫，似有涎流出已经拭涤者；臂肉坚，亦青色。

赵一妻，无子，询其侍者，谓赵在外未进食，但饮茶一杯耳，饮茶后即归，归亦未食，而病作矣。时赵之至友蔡乃煌辈亦在侧，虽有疑其死之突然，而未闻有执言者。枢府专使旋莅津，亦无议焉。予返京，以详陈，先公叹息久之。赵为先公所最赏，论为上材，畀以直督，适当倚任，外间不察，或谓为先公所杀，殊诬之甚也。

四　杀王治馨以立法

先公鉴于清末贪贿之盛，毒流不息，乃颁治赃刑例，纳贿逾千金者即杀。王治馨之案适发，先公甚怒，且素知王之恶行，令就谳。初王狡甚，行隐迹晦，并有赵秉钧之庇，故久不败。兹赵已死，事既暴露，王无所施计也，乃入狱。

案既下，与王有谊者，如阮忠枢、雷震春、江朝宗、段芝贵等十数人，咸跪求于先公前，或请褫勋为赎，或请罢职为赎。先公一一扶之起，笑曰："王治馨乃小站旧吏，予必有以处置。"阮等见先公无死之之意，欣然退。

先公命法吏至，诏之曰："王治馨一案，密讯勿泄，若获供，立定罪。可代拟一令，与判书同进。事宜速，勿使一人知。"法吏承命，一夕，判书上。先公命江朝宗至，出令示之，江泣求。先公止之曰："王治馨不杀，予何以行令？尔监决，诘旦复命，勿违！"

江出，达王禁所，呼王起曰："有事须君一行。"时夜逾子，王已心知就刑，叹曰："无救耶？命矣夫！"从江登车。江忍涕对之。出齐化门，抵刑场，王方下车，弹已自后至，贯脑而死。江为丰殓。晨入告，先公叹曰："非予必欲死之，法初布，不可枉耳。"使厚恤其家。王既正典刑，令始下，阮等知之，已不及救矣。

先一日，王妻尚泣求于某。某亦显者，慰之曰："无伤也。顷入见元首，言及，无怒意也。"妻既返，阅日而尸归矣。先公语阮等曰："法吏已谳定，又为赃罪，赦之不能昭示天下，矧予之近故耶！"按：王治馨小有才，不能敛，且好自用，又骄而贪，杀身其自取也。

五　张振武之毙

张振武之毙，知之者不敢言，而言者多不知。张，武汉首义者也。黎以副总统督湖北，张初与有力焉。乃渐不逊，且骄纵贪婪。黎欲罪之而有所虑，遂使入觐，潜令人监视之。

张至京，放言无忌，且有代黎之谋。未几，黎密电至，请中央将张立正典刑，历陈张在湖北谋叛，以及贪掠诸罪证，并恳先公勿宣泄此电，恐张之旧部为之复仇，则大不利于黎也。

先公始欲付谳，而黎续请之电又至，且谓如不立杀张，恐湖北即有危患，杀之，叛者无首，而乱不成矣。先公乃密谕陆建章，以黎电处置。时张赴宴归，擒于车中，即送执法庭，毙之院庭，闻死状甚惨，予未忍详述也。

张至京之始，京津党会多集会迎之。津中某协会宴之于德义楼，陪者有孙发绪及数议员，予亦在座。张目眊神离，趾高言大，予退谓颜世清曰："以张为人，能保首领于乱世，幸矣！而狼视枭声，恐终非安守者也。"颜曰："纯斋偕来者，黎公使之监视其行止。张之入觐，黎公已解其兵柄，祸可免矣。"纯斋，即孙发绪也。颜世清，协会之干事也。岂知张竟不获善其终耶！

六　江朝宗离间骨肉

喜功妄杀，人惟知有陆建章，不知甚于陆建章者，有江朝宗焉。江之悖谬，十倍于陆。壬子，予居天津，有潘连璧女士，昔天津公立女校毕业生也。其师吕璧城女士，与予家有世谊，时相过从，因识连璧。予重来津，因连璧而获识郑毓秀、张以保诸女士，不知郑、张皆为党人输送弹械者也。又有江亢虎，予故友也，时主社会党，介其书记陈翼龙来访。二事俱为江朝宗所探知，乃以折上先公，详述予之通党罪状，并捏造种种事实，甚至谓先生母亦与女党人勾结，将有不利焉。先公即将折寄示予，并批于尾曰："此种妄言，皆无须侦探，邀功谬想，亦非江朝宗之意，尔不可怪之。尔生母从予卅余年，生尔、生尔弟诸妹，乃有此谣传，大可笑矣！不过尔年轻，交友最宜谨慎，不知根底者，不可友也。此信勿使尔生母知，阅后焚去，不可留此痕迹也。”

予读之，既感且笑，先公遇予，从不轻信人谗，而若江朝宗之离间骨肉，极尽荒怪，亦衣冠所仅有，天下之奇谈！至洪宪时，几酿冤狱，亦江之狂恶有以致之也！

七　北京兵变

辛亥冬，先公奉诏入京，惟大兄侍侧，家人俱未随，仍居彰德，予留主家事。壬子初春，予入京贺年。时有使劝先公南下就任，先公恐北方有故，拒而不许。盖北方陆军虽曾为先公所编练，自铁良长陆军，即以中央集权说，尽夺各省兵权，先公又入军机，于是，陆军咸隶于部。铁良性贪，以赂金之多寡，定军职之等次，弗贿，虽资深不与。一时军职，尽以贿得，而兵又有终身为兵不得授职之制。后铁良罢免，军心已涣散矣。故辛亥之变，军无斗志，非先公出，北军早反戈矣。

先公既督师，即知旧兵多已退伍，中下军职，几尽非旧部，咸以金易得，多无军事学识，统兵者，虽尚有故属，而上下隔绝，无一得军心者。兼以宗社党徒，日事构惑，祸患久伏，恐不可遏，正日事防渐，讵知已不及，而有是年正月十二日之变。

先是，既有前因，又适有南下就职之议，彼扇乱者，遂放言谓都将南迁，尽散北军。某属之兵信之，乃入城焚掠而散。是日，予以友人之招，出城小酌，薄暮归，至东长安街，即闻枪声，询诸警察，尚谓时近灯节，必人家所放花爆也。车前行，枪声益近，其声益烈，殊不类花爆。予心知有变，命御者疾行，至石大人胡同口，守兵见予服西装，不令入，盖先公时居外交部办公所，即在此胡同中也。正俄延间，弹自后至，碎予车灯，御者急转车入煤渣胡同，弹复续至，幸马疾奔，未为所中。

予谓御者曰："既不能归邸，可至东交民巷英使署询何变。"乃至英使署，途中尚无阻者。时英使朱尔典。朱亦闻枪声，而未悉何变，延予坐待，命其参赞往探。少顷，探归报朱，朱谓予曰："兵变，焚掠街市，总统府无恙，总统亦安居，君可勿虑，惟街市已不能通行，君可寓此，乱定再归，予已遣人报尊公知矣。"予谢之，必欲归，朱不可，曰："非阻君行，实乱兵满布，车不可通耳。"时枪声愈杂，予知不能强行，乃止。朱时以佳音慰予，而予心终不可安，彷徨竟夕，如历数年。

至晨，枪声始渐息，乃别朱归邸。先公亦终夜不眠，见予，叹曰："予练兵三十年，威信一旦丧矣！"予曰："兵属部久，兵非故兵，将非故将，虽有一二旧部，又无实权，今大人帅军方数日，不及整布，岂能损大人之誉耶？惟彰德为家所在，男有守责，恐为牵动，男何以对祖先！"先公曰："尔明日返，因机制宜。予已瘁于国事，不能问家事矣。"

八　返回洹上

入夜，即得保定兵变之报，火车已止，乃以专车行。随行者有朱家磐、周铭盘、高世异、步翔芬四人。至保定前一站，站长谓保定大乱，电线已断，不能发路签，车不可前。从行者亦劝阻。予必欲行，乃强之前，至保定未停。乱兵自后发弹，幸未伤人。过保定之下一站，见百余乱兵，阻止铁轨，势不可越，乃命车止。予下，谓乱兵曰："何所求？"彼咸曰："特欲附车行耳。"乃延之上车。又至一站，复如是。先登者欲阻之，予曰："互斗必有伤亡，车尚有隙地，可同载也。"复尽延之。予询其致变之由，争以其情告。略曰："主将日处高堂广厦，食珍馐、拥姬妾，视予等如粪土草芥，甘苦不问，饷则缓且减，衣不暖、食不饱、寝处不安，官吏动辄苛敛，遇兵如牛马，暴厉恣睢（睢），非人所能受，欲呼告而无从，不得已出此下策！"言者欷歔愤慨，其同行者无不切齿。

乱兵沿途渐下，夜十一时，过丰乐镇，忽闻排枪声。予出视，见骑兵一队，首者持红灯，近车行。予恐彰德已变，心乃大震。及车止，持灯者至车前，烛及予，大呼曰："乃二爷也！"问乱兵何在。予曰："予归自京，无乱兵，尔等何事？"持灯者曰："顷得电告，谓见乱兵一车直下，将至彰德，故张营务处长特分兵防截，倘乱兵有变，即出击之，万不期而二爷归也。"

予挥之去，车乃行。车中所余之兵，咸跪予前求赦，予曰："至彰德后，尽缴枪械，不得停留。"遂以名刺书证付之。至彰德时，车初止。张士钰、袁乃宽咸戎服戒备。予下车，彼等相顾惊诧。袁乃宽谓予曰："弟如何得达耶?"予以情形告之，彼等始释然，尽解其防，遂同归洹上村。

九　安定彰德

予详述北京兵变，及先公遣归谋彰德之安全，乃与张、袁两人策画竟夕，遂定防止外来之变兵，及详察图煽乱者。复设军学研究所，即于洹上园中建一会场，每星期日集一次，邀当地官绅及镇防营者同至。陆军则每连举一兵，每次一易，军官咸至，以联络感情，通达上下，不涉政事，会合地方官绅防营，免生误会为旨。是日免除阶级，咸可发言，且佐以茗果，以鼓兴趣。上下之情既通，图乱者不得逞矣。

北京之兵变，多酿于段芝贵等之疏玩慢纵；保定之兵变，则由于曹锟之骄贪淫虐；天津之兵变，则成于张镇芳之昏悖怯懦。天津近都咫尺，既闻乱讯，略无防置；既变，又不能遏制。所变者以督署之卫队为最甚，是夜，空队而出，焚掠街市外，竟入北洋造币厂，尽搜其银条，移置署中。他若貂狐之裘，金珠之饰，咸不可以数计，即于署中招售。张知之而不言，反每一卫兵，各予以廿金，以赏其救卫之劳，乱后不诛戮以示儆，或取一衣、拾一履者，却治以罪！张之颠倒谬乱，至于斯极，而津民冤矣！

济南、石家庄、郑州诸地，复相继变乱，彰德适处于中，朝夕危惕，莫敢苟安。保定之逃兵，强登予车者，其携有赃物，已沿途四散，随至彰德者，所余十数人耳，多无所掠。予既许其弗罪，即搜去军械而释之。后北京、天津之逃兵，续有至者，其未携赃物者则立释，携赃物累累者，则遵中央之令，尽毙之以示众，诸营震服。又有军学研究所之设，以通情感，故虽处四乱之中，尚能固镇。

予录研究所宣言条例，陈达先公，批示颇加奖勉。予益自奋励，以安家室。后闻京邸司电报之吴家福告予曰："前总统得彰德一电，谓君同军人结合，大不安分，总统甚怒，即传予至，拟发电责君，词极严厉，而君之函适至。总统阅之微笑，即命予出，谓无须电君矣。此何事也？至今惑焉！"予即以前事语之。

予闻此，乃益慎事谨言，惟恐贻先公忧。洹上卫兵，有奸孀谋产者，有因奸生事者，予拟正以军法，左右争为乞免，乃送交安阳县严办。旋闻驱逐出境。

未几，有人来洹上，谓已求于大爷，命其招卫兵四十人，以二人领之云云。既招集，宿于园中，招摇蛮横，无恶不为。予书诘大兄曰："兄既招卫兵，应侍卫兄，家中卫兵已多，无需再有此也。且彼等在此，无人能约束，兄速招之入都，免生他事。"大兄报曰："少迟定有安置。"予迟之久，杳无复讯。

一夕，忽闻枪声一二发，予立招领村中卫兵者，使分兵守要路桥梁，庶城中有变，不得渡越。张士钰立入城，邀县宰亲巡四城，断人行迹，免匪乘机。予至园中，见大兄所招四十卫兵，无端聚合，颇有不安之色。予觉有异，时领原有卫兵者在侧，即命其以四十人监视此四十人，分守二桥之南，盖村居桥北也。且密嘱曰：“如此辈有变，或强欲退回，立即枪杀，不可违延。”此四十新卫兵，见人众于彼，不敢逞，乃分队出守。时枪声又二三发，无应者。城内外道路，咸张士钰与县宰躬自巡视，尽令居民闭户，有违令出者立毙之。诸营兵无令不得出营，违者立决，故竟夜无动作。

及晨，详探发枪者，知有匪徒勾结北来逃兵，耸惑卫兵及防营之莠徒，思图一逞，乃约以枪声为号，呼应者同起。幸素有筹备，时又防御严密，张与县宰，咸能以身为之率，巡守弗懈，乱遂潜灭。

予回思新招卫兵，当闻枪声时之神状，种种可疑，及询所遣监视者，咸云彼辈守桥南时，欲北者屡，初力阻之，后支机关枪作迎击状，始惧而止，至撤防归，犹互相私语，不可测也！予乃以所见所闻语张，决以善遣，遂倍其饷，收械散之，二领者迫使远去。事后，函告大兄，并以遏乱情形详陈先公，先公甚奖张之明练迅敏也。

一日，袁乃宽忽邀予至勉堂族叔室密谈，予从之往，袁出一电示予，电略谓：“张士钰措置失当，着即撤去营务处，以驻彰德统领高文贵接充”云云。予阅竟谓袁曰：

"兄意若何？"袁曰："此电突来，张尚未知，予已嘱司电报者秘之不宣。今军心正在浮动，张又得军心，倘有他变奈何？"予曰："兄知此可矣。予思总统日前尚有批谕，奖其防护得宜。不旋踵间，即无故罢免，决非总统之意。兄与弟深知总统之任人，从无若此者也，必有枝节盘错其中。此电即存弟囊中，万勿使外间知，若有来询，即以无事告之，弟立即电京津间，并请总统顾念彰德安危，万勿撤易，俟得回电，再为宣示。"袁请附名。予乃拟电曰："顷承电令，甚为惶骇。日前危变，幸张士钰定之。此军心所属，安危攸关，忽予罢免，军心必为一震，倘有祸乱，全家与地方，皆不可问也！恳大人万勿信小人之间言，男文责在守家，侄宽职关地方，安敢陷大人于忧虑，而快小人之私愤耶！"斯时予正年少气盛，未计言之过莽，今日思之，知予过之甚，气之露矣，而先公度容诚宽且大焉。电发，军中来询者，纷纭相继，盖为电局所泄露，予以绝无此事慰之，且命其传告同伍，勿为所动。询者来时，咸张皇失色，去已色然喜矣。

夜间急电来，谓："前电原因复杂，着即取消，仍责成张士钰善为办理。"且有训勉之语。予乃以此电遍示各营，并出示前电及陈请之电，以释群疑。群众欢呼，且誓以身卫彰德，不使有一草一木之损。予复邀袁诣张寓所详告之，张初尚欲自辞，予与袁力劝止之，以义责之，且告以军心之欢服，张始欣然。予之必留张者，盖彰德之不随四方而俱变，张防卫之力也。先公谓前电原因复杂，诚有复杂者在。而先公实不知有前电，迨予电至，始诘责司电报者而索阅之。先公既未明指，予亦从而隐之，彼之欲罪张以快私愤，实未计及系于彰德之安危，遽然出之，故图扰害也。斯役虽微，而后来大事，多有种因于此者，故不惮冗琐而详述之。

一〇　移眷至津

彰德虽一时镇平，而土匪四窜，奸宄四伏，各以洹上为的，惟惧戒备严，不敢一逞。先公纵云有国而忘家，然家有危殆，心亦未必安也。昔于天津曾置大宅，予因以移眷居津为请，先公颇有允意，大兄力阻。既而彰德谣诼日甚，匪又掠于近村，家人日夜无宁息。适先公电索天王补心丹，遂复一电曰："请大人移眷于安地，胜服补心丹万万矣。"先公遂决令迁津。布置既讫，以三次行，予殿后，惟嫡母与大兄，以产物俱在，弗欲舍之去，仍留洹上。予行之日，大兄送登车，辞色不怡，见张士钰携眷从予，益怒，力嘱张仍须回彰，张颔之。时二月初旬，见大兄汗流如雨，两颊赤紫，怒目直视。予恐其疾发，劝之归村，不必俟车之行也。大兄原乘骡车来，归乃改乘予之马，予阻之，不听，望其款段入村，未几车行。方至津，彰德已先电至，谓大兄坠马，伤甚，嘱予归视。先公亦电令归，予遂邀一友偕往，拟赴车站。过法租界，忽有一纸飞起，坠予车之马首，马惊跃，双辕并折，马即止。友人谓予曰：

“不宜行矣。”予不可，及至站，车已开去，是日已无他车。予归宅，友又力阻，且告家慈母不令予归，遂称病不往，改令三弟归视。后有人告予曰：“君幸不归，归则危矣。令兄坠马，乃先昏厥而后坠者，内疾外伤，故象绝险。其左右咸谓致病由于君，大有不利于君之言。”予莫测所由。后大兄伤虽愈，而脑髓经震，神思昏乱，其病确原事不遂意，愤憾而成，卒因此遭人愚弄，酿成洪宪之祸，呜呼哀已！

一一　谋筹帝制

古人云：“一言丧邦。”诚哉诚哉！有张宗长者，为先公业师之子，曾官于直隶，先公以师谊，命在政事堂学习。其人愚而妄，好为星相家言，自炫擅飞星秘诀，日趋大兄之门。大兄初甚轻之，张思媚之以术，遂语人，谓推大兄之命，当为廿年太平天子。故使大兄闻之，召入详叩。张曰：“推公之命，应以来岁始，为廿年太平天子，大总统若为终身总统，则误公之正位也。以某之计，立时鼓吹帝制，先推总统即位，以固国本，后讽总统逊位颐养，则公之帝位成矣。若有阻难者，公有模范团，可以力服也。”

大兄为张所惑，遂谋帝制，斯诚所谓“一言丧邦”者也！昔清季孝钦后垂帘时，宫中称曰老佛爷，盖以皇帝称爷而又加尊焉。洪宪初改元，大兄忽谕指挥使徐邦杰，命其传谕宫中各处，以后呼之为爷，称先母曰佛爷。徐惶然，思持此谕，请命于先公。徐有幕客陆增炜，字彤士，清之会元，太仓人，有诗名，久官京曹，知清故事，乃谓徐曰："此清皇帝与皇太后之称也。今总统尚在，万不能如此称谓，亦不可陈于总统，置之不应不宣可也。"徐尚惧见责于大兄，彷徨莫定。陆告予，予又为之释说，并嘱徐焚其谕，徐始了然。乙卯夏，冯国璋入觐。段芝贵诸人以冯辈份甚老，乃推其向先公劝进。觐见先公之日，予宴冯于流水音书斋，邀段芝贵、唐在礼及二三内史为陪。冯退觐即临，见段在，愤然曰："总统胆太小，中国不行帝制，决不能强。今日劝进，大遭训斥，奈何奈何！"予曰："恐非其时耳。"冯曰："癸丑乱平，即为改制之机。是时，予即力劝，总统不纳，恐背民意。民意何物耶！欲改则改可矣。昔总统颇有果断，今怯弱何耶？"予曰："今日饮酒，可屏国事。"

入席后，冯、段复互言帝制之宜，民主之悖，历二三时始罢。冯为劝进最初之人，后之离叛者，既愤杨度等未先与谋，复受政客辈之饵惑，非真为国计也。

筹安会宣言发表之后，一夕予邀赵次珊师、李木斋师、方地山师、何偲威、梁鸿志集于水泡子别寓中，言及筹安会，予曰："杨度妄人，徒冀为开国元勋，而不顾置总统于何地，未计轻重利害，而冒失举事者，莫杨度若也。"梁鸿志曰："恐内幕有主厥谋者。"予曰："予知总统必不乐此，谋此者，必别有人，予深惧非总统福也。"

梁默然。何曰："盍别建一会以纠之？"予曰："佳。宜多延耆宿，以主正论。予但隐为协助，免为忌者指摘而倾败也。"何曰："予归，即草宣告及章制，当推次老、木老二公主之。"木师亦深以杨度筹安为非，且言此为筹乱，非筹安也。次师尤痛言杨之乱政构祸，闻辔威语，咸诺持正义。

翌日，予趋省，先公出示一纸，书"何昌炜"三字，曰："此人汝识否？"予应曰："不识。"先公曰："有人来告，谓此人为乱党，与汝同谋倾覆筹安会，何耶？"

予恍然，遂详陈前一夕欲谋纠正之言，且曰："何名震彝，字辔威，乃秋辇之子，与我家三代世交，且是书痴，岂敢作乱耶！"先公笑曰："是辔威也，予亦识之，彼但知作诗耳。顷来告者，立请批交缉惩，予不允，且戒告者，后不可妄入人罪。汝可传话辔威，不必多事。杨度亦无聊弄笔，不过立此一说，视将来民情如何以为进止，予此时决不允其实践也。"

予退告辔威，辔威惧，遂罢建会之议。予独诧告者，胡知此事之速，乃使探之，始知梁鸿志实为筹安之谋士，杨度之朋党，是夕筵终，即走报杨度，杨据以入告。梁与辔威为盟交，素谊深厚，竟谋危害，殊禽兽之不若也。筹安败，梁以名微脱漏，遂诟筹安以取誉，今终败堕，可知邪乱之徒，不或免焉。

一二　江朝宗冤害无辜

江朝宗冤害无辜屡矣，以诬指沈祖宪、句克明谋危新华宫一案，为尤妄谬。沈，浙之会稽人，字吕生，先公练兵小站之先，即入幕，相从几三十年，素行规谨。先公戊申放归时，沈为直隶某县知县，旋挂冠从隐，其澹泊笃旧可知。辛亥政变，任为秘书，后改授内史。句，直隶大城人，一名有，其母随侍家慈母卅余年。句氏幼时，即佣于予家，初役内室，后侍先公，亦先后二十余年。辛亥后，命其管理宫府电灯。一日晨，江诣府请见，先公召入，江袖出一折上呈，先公披阅，尽列沈、句通谋乱党，炸毁宫府等事，谓由侦探所探知者。先公曰："吕生决不至此，句有或恐为奸人所利用，均须实察，不可妄入人罪。"江曰："已探有实据，请批交朝宗讯办。"先公沉思有顷，命江先出，传护卫司令范乐田，将句克明送执法处，交雷震春密讯。复传雷入，命其邀沈同往质证，不得以罪人视之。雷曰："总统放心，震春绝不敢稍有妄乱，使人负冤。况沈祖宪学养深静，言行端谨，似不至出此。句克明随侍二十余年，亦何忍如此负恩，中必有枉。震春当平心察之。"先公曰："善！予亦知吕生无辜，故不允江朝宗之请，而使汝质问也，可善遇之，勿令予负老友也。"

雷退，即偕沈至执法处。沈初不知，及雷示以江所呈折，沈叹曰："予受总统三十年厚恩，亲若家人，曷忍出此？如察有实据，甘受诛戮而无怨恨。惟今事未白，愿留此待质。”雷曰：“总统亦不信此。使君来者，聊塞诬者之口，俾君有以自白耳。”遂款诸别室，奉若上宾，惟句则拘囚。当即遣人搜察沈、句寓所，检其文件，一无可疑，招江之侦探对质，亦不能指实。江所谓实据者，特侦探之报书耳。沈、句所勾结者何人，以何为证据，咸渺渺焉。雷谓江曰：“如此略无凭证，即可强入人以罪耶！”江犹强辩，雷大怒，披其颊者再，且声诉其诬陷之罪，江惭而遁。雷遂入陈，力为沈、句白。

先公曰：“予心知其枉。苟不如此，则不足钳诬者之口，而正其罪也。”遂命自乘之车，迓沈入府，释句出。罪诬告之侦探，以江亦故旧，且已为雷责，斥之而已。厥案之原，多由于句。句性傲而乖，为众所衔，用奢而贪，尤致忌怨，与江素交恶。江适见其日骋摩托车于通衢，疑且妒焉。侦探承其意，遂构此狱。沈与江亦有隙，因亦连及。苟先公以此案付江，则冤狱成矣。若陆建章仍长执法，亦恐不免焉。

一三　郑汝成之死

郑汝成以卫侍武官，出镇沪海。先公极赏其才能，郑亦衔感知遇，拥卫过于宿旧。先公每谓人曰：“异日代冯国璋者，舍郑汝成莫属。而郑之才，非华甫所能敌，诚后来之彦也。”冯闻而妒焉。且当帝制之际，冯有异谋，郑在沪严缉党人，偶获通结之证，乃封而致之。盖郑恐为离间者伪构，即实，亦不欲遽发其谋。冯惧，转衔之，遂密计于所亲，购数乡人善弹击者，刺杀郑汝成于白渡桥。刺者张惶间，竟被捕。引渡后，应就沪正法，冯乃为之乞北解。道过江宁，而刺者已非河间人矣！噩耗至京，先公痛伤者累日。予入定省，先公辄泫然太息曰："坏我长城，南方无宁息矣！"外间竟有疑先公主使者，何其诬之甚耶！

一四　大兄因骄致败

大兄之败，一骄字致之也；其骄，则左右成之也。大兄左右谋士，咸无学无识者流，不但不知大计，虽常事小节，亦莫策一筹，只解酒食谄媚耳。大兄既伤废，外事悉间阻，左右遂得肆其愚惑，而仆价尤恣横无忌，以是正人日远，小人日亲，彼妄冀高禄者，日进"天命攸归，太平天子"诸邪说，大兄乃益骄倨。有上级军职请谒者，其仆先以跪拜嘱从者，谒者既来，多忍辱从之。及谒下拜，大兄则坐而受焉。谒者虽无言，而心已愤且怨矣。先公遇人下拜，咸起答揖，大兄竟自尊若是，故亲者愤而离，众人怨而叛矣。大兄病居，昧于大势，犹可曲谅；独异彼左右者，无以谦下为劝，坐视败坠，犹号曰谋士，鲜有耻矣！

先公曾以女冠服制，命大兄授其左右拟图。及图成上呈，先公顾予笑曰："汝大兄所谋者何人？竟若是奇谬耶！"予披阅其图，非古非今，非夏非夷；或近傀儡，或若沐猴。苟宣此制，则贻笑万国矣！夫以此辈浅拙，欲图革政而戴大位，安有不丧堕者哉！

一五　陆建章好色而惧内

陆建章残忍嗜杀，素号“屠夫”，而极畏其妇。妇年与相若，体大而肥，面黑目巨，喜修饰，每梳两髻，各缀锦结，垂带飘然，脂粉金翠，倍于常人，日驰骋于通衢，见者辄目哂之，而妇自若也。性狠尤过于陆，多干政事，陆惧甚，莫敢违，陆之恶，妇有以成之也。陆有一妾，惟晨以盥进，立退出，不敢一言，余无相见时，妾心怨而已。陆又好色，闻刘喜奎而艳之，惧于阃威，无所为计，知予识梨园中人，商于予，思一窥颜色，遂拟假宴记者名，陈氍毹于陆邸。时杨千里在京，为侦者迹，陆命捕治。予与杨善，心知其诬，欲为疏解，今遘此机，乃首延千里。千里见帖，具有陆名，犹疑惧不前，予以意告之，始欣然来。及筵既张，遂介千里与陆会晤，陆初颇惊诧，予因语以与千里之交谊，陆乃释然。是夕，刘喜奎自津招至，叠演二剧，陆乃大乐，赞称不已。剧终，陆使人招喜奎入室，喜奎拒之，使三请而三拒。陆乞于予，必邀一盼。予为所迫，招执事者至，语以无他，但一见耳。喜奎知其妇悍，初拒者，畏之也，至是，不获已，乞勿入内室，避妇窘辱。陆延至别院，喜奎与执事者偕入，默坐。陆诘之，亦不言，俄顷即去，如惊鸿之一瞥耳。陆爽然若失。宾客既散，陆谓予曰："喜奎，天人也，予为之颠倒，兹来孰致之?"予曰："邀之至者，一赵姓，旧伶而业剧馆者。"陆曰："既能邀之，必与之习，乞遣赵为予谋。"予戏之曰："媒可，成则不卜，惟先请一事，君允，予必为君谋。"陆曰："事无不允。"予曰："闻君欲捕杨千里，信否?"陆曰："有之。"予曰："乞君书一免捕之证，予保此人决无异图。"陆立书证授予。予图曲解友难，甘冒诳言之失，而陆之愚妄亦可笑矣！后其妇微闻此事，大与之哄，谓如纳喜奎，必杖杀之。陆惧乃寝。千里已得安居，而徜徉于九衢间矣，谓非喜奎之功耶?

一六　张镇芳反覆

张镇芳，河南项城人，先大伯之妻弟，以八股文称于乡里。先公督直时，张官户部主事，奏调总永平七属监务，以是起家，旋授盐运司使，先公称其善理财焉。宣统继位，张度先公将退休，乃亟拜载泽门，重金为贽，且以己之侵没盐款，悉委诸先公。载泽喜，疏举入盐政处，先公罢政，与有力焉。辛亥变政后，张先为直督，天津毁乱；再为豫督，桑梓涂炭，白狼之祸，所酿成也，杀戮无辜，不可数计。先公不获已，褫其职，实曲全之也。张不之感，心反衔怨。洪宪改元，张初亦推戴，及云南起兵，川贵继应，知事垂败，密遣腹心张方入豫，谋独立，驱赵倜，戴张为督，联南军，抗先公。张方不谨，为赵所擒，讯知张之主使，立电陈京府，请就地正法。先公得报，诘张。张惶惧变色，力白无他，乞移京审讯。先公许之。及张方递至，张为之奔走救援，并密嘱张方变供，此案遂隐。张以至戚，且赖先公而致官禄，初寒士，今富翁矣，竟反覆若是。张勋复辟，张为伪尚书兼议政大臣，事败就获，判徒刑入狱，虽遭缧绁，而苟全性命，已至幸矣！

一七　居仁堂异遇

先公在位时，予居居仁堂西，偏北之第一院。院有二树，一已槁萎。予夜读，每闻窗外廊间有屧声。时或扣弹窗棂，搴帘视之，寂然无人。帘下后，而声又作，予心疑而不言，恐妇孺闻之惊也。

一夕深夜，予自外归，甫入院，见一满洲女子，循北廊西向行，适背予，以服装度之，华贵年少。廊尽有小院，女入即隐。心知有鬼！是夕，梦一女，谓予曰："我，德宗宫女也，初甚邀宠，遭人妒忌，诟谤丛生，一日独行，一竖自后至，秽言戏谑，乃斥之。帝忽至，责我不端，横加杖辱，愤且耻，遂缢于此院树上，树因我冤而枯死。负冤而无人为白。乞公草一疏，焚于树下，即得超度矣！"言竟下拜。予彷徨间，已梦觉矣。回忆梦中人，与院中所见，衣饰无异，乃腹拟疏文，外出书之。次夕夜中，持疏归，就枯树焚之，微闻环珮声，萧然而逝。自此，院中不复有声动矣。

一八　蔡锷出京

蔡锷（松坡）为梁启超弟子，先公极赏其才。蔡初亦敬畏先公，执弟子礼，拜于门下。先公于变政后，免除通谱纳贽诸恶俗，于蔡则特契，非以常情论也。蔡一时身兼七八职，段芝贵、江朝宗等咸嫉之，而莫敢言。

筹安之初，蔡集诸将军于其寓所，议上表劝进。蔡首署衔名，段、江辈益嫉视焉，遂诬以谋叛，以兵围检其寓，无所获证，再三侵扰，蔡不能堪，而先公不知也。蔡乃请假，出京养痾。先公犹电令蔡所经地之官守，优予卫送，未觉蔡竟起兵抗变也。

一九　力保王生

江朝宗统领步军，广布爪牙，冤杀枉戮，不可数计！天津王生，十余龄耳，其父与兄俱营商贩。生毕业小学校，以投稿某报，获罪于杨以德，乃避祸于天津日本租界某摄影馆。馆主郭某，予旧识也，奉先公命，摄中岳诸景，遂荐郭往。郭曾来洹上，为先公摄蓑笠垂钓图，故先公亦识之。郭请以二徒偕往，一即王生。迨归，先公嘉其劳，授薪，使留府备差，王亦留佐之，即令居流水音。

一日，有侦探数人，衔江朝宗命至流水音，欲捕王去，谓系乱党。王泣求于予，因诉前事。予怜其幼而无辜，叱侦探去。先公忽召予曰：“江朝宗据杨以德报称，有乱党王姓，在流水音，何人耶？何不捕之去？”予曰：“王姓即摄影郭某之徒，曾随往嵩岳者，年只十余龄耳，其家居商，平素诚谨，从不妄行，似非作乱者，苟付侦探，不获生矣！既招之来，而杀其身，心何忍耶！”先公曰：“如是，可纵之去，不必留也。”予诺而退，遂语郭，使王行。郭曰：“侦探四伏，出流水音，即不免矣，奈何！”予曰：“予适有天津之行，随附予车，可无阻矣。”

翌日，携之登车，江朝宗及侦探咸入车见予，请以王付之。予曰：“总统令纵之去，尔辈乌能阻？”因叱之使下。江忸怩去，俄顷复来，谓已得总统令，必捕王去。予大怒，举行杖向江及侦探曰：“孰再言，即叩其颅！”因数其种种诬良罪恶，江面颊尽赤，鼠窜去。或谓予曰：“彼辈害人多矣，公拯一人，复何济耶！”予曰：“不见则无可如何；既见，则不能以一人而忽之不顾也。”

二〇　请设女官

古奇女子，握政秉权，理万几者，有汉之吕后，唐之武后，清之显后。其谋勇雄恣者，有宋之梁红玉，明之秦良玉。而执笏垂绅者，尚鲜其人，汉唐女官，咸同监竖，非辅佐政治者也。今之女子，知谋为世用，予癸丑返都，即请设女官，俾树参政之材。至乙卯冬，始定施行，拟先设专官于府，养其识、培其用。后予出擢，庶无遗坠。

初使吴廷燮草女官制，先公病其繁，授予定之。吴制悉本唐六典，多违时宜，予删其六七，如卿大夫士例，亦设九级，其先仅任职于府中，尚仪、尚玺诸职，视有可以从政者，稽其才，量任外职焉。计三年后，诸部参、佥、主事，秘书，暨各省视学，多有以女子从事者矣。官制既公布，即选天津女子师范卒业数人任之。行之未久，先公殂，制中废，惜哉！

二一　易哭庵狂放失参政

京中贵妇名媛，假荣禄故园，作游艺会，筹资济赈，时初夏佳晴，宜于游赏。易哭庵慕其盛，邀予偕赴。予有书记方重审，少年好事，亦与同往。予素恶嚣杂，遇集会事，咸弗与临，易方之约，初亦却之，要迫再三，不获辞避，乃同莅园会。

一院中，陈什物，诸妇女咸在，遇游者，辄求鬻，其中有唐在礼之夫人，予盟嫂也。潘连璧女士，北洋女子公学生也。章以保女士，北京女子传习所生也。三人咸识予，要予助金购物。予以数十金，易一银篮、一银匣及他物累累，易、方两人争携之。唐夫人以绢花一枚酬予，盖助金者咸若是。易乞一枝，唐亦予之。易手持物，不遑兼顾，因请为簪襟上，唐素爽，无妇人习，故未以易为妄而斥拒也。易为之大乐。适陈物鬻罄，潘女士导予游观，易、方从于后，尽历园景，薄暮始别诸女士行。是夕，歌集城南乐家，易、方两人又偕往。筵间，招雪印轩、石曼君诸女伎侑觞，均擅昆曲者。易击筋狂吟，尽欢而散。

翌日，报载易纪事诗六绝句，一《遇熊希龄之夫人》；二《唐夫人为簪花》，有“黑妞才名何必讳，是梁红玉是张秾”句；三《誉潘女士》，有“水红衫子水红裙”句；四《记鬻物诸女士》；五《赠雪印轩》；六《赠石曼君》。其序中谓予偕往云云。唐与潘见之大怒，咸就予责问，谓予导其往，不应听之为此诗，词既轻薄，复与女伎同列，太难堪矣！唐尤愤，因其夫见诗注有“簪花”云云，疑其中有隐昧，严诘深责，唐避居医院，几致绝离。予亟代谢罪，且允纠易之误，遂嘱易作诗正谬，唐氏夫妇始和好如初，潘亦释然。复闻有某某女士拟寻易捶扑之，赖潘女士劝止，未遭窘辱，亦云幸矣！斯时方设参政院，拟简易氏为参政，唐在礼衔之，诋为狂妄，不宜预政，议遂寝焉。

二二　段祺瑞内戚得授湘督

段祺瑞好博奕，围棋自诩为国手，实浅薄也。雀戏亦不精，而喜翻花样，无奇不有者，即创自祺瑞，尤繁于外间所传，若自摸、对碰、单吊、边张、嵌档之类，咸流行者也，彼所益者，有“一顶九”，如已有九万三张，复碰一万，或单吊一万咸是。又有“么顶么”“一顶一”“九顶九”“三副同”诸名，多不胜举，一副和成，博者辄不能计数。惟其妻弟吴光新工于检算，故祺瑞临博，必使光新随侍，操盘计和，不差毫忽，庶博者不畏难而却避焉。吴以祺瑞内戚，得授湘督，其言鄙，其行卑，盖厮养之流。夫厮养之流，为博场计筹尚副其材，竟任以疆寄，不啻荐粪土于庙堂，被狗彘以锦绣，秉政者若是，疆寄者若是，黎庶之不堕于水火者鲜矣！

二三　严待本族子弟

先公秉国，子弟无从政者，先公不欲私所亲也。四兄克成，先三伯父子也，任河南军事稽查累年，颇著勋劳。赵倜为请补少将，先公固不许；因易请二等嘉禾章，复不许；后再三呈恳，始允授三等章，而犹不明令下布。八兄克暄，先大伯父子也，曾为使美参赞，变政后返国，留外交部任事，屡请简参事未允。后以陆徵祥力荐，始下令简署，尚以为外交官而允也。若属内政，则初即不得入部矣。大兄累欲领军，或督一省，辄遭诃斥，后虽使参预模范团，而终未假以名焉。袁乃宽原名克宽，河南正阳人，与予家一宗，字派亦同，因随佐军需，乃易今名，小有才而鄙伧，故不使任政事。予以中原公司与福中公司合并，被推为襄督，事属商业，犹不许以正督同令，以指令作为简任，创闻也。赵次珊邀为清史作纂修，先公使辞金受职。以上诸事，先公尚以为过，遑论右于斯者矣！

乃宽次子家驹，后易名英者，少年性激，言多失检，交游咸民党中人，彼辈复从而张之，遂为江朝宗揭发，谓通乱党，谋毁新华宫。乃宽亦恶之，乃下执法处讯治，大兄又深嫉，必欲死之。幸雷震春尚知大体，不欲代先公冤杀亲属，贻讥于人，故未即刑。一夕，予侍先公筵，言及此事，力为之白，谓："家驹年幼失学，友多党人，言不检有之，危乱之图必不敢，况杀之亦无所济，徒使人笑，亲先离矣，如恐其为祸，幽之可也。"先公曰："善！"遂谕雷震春善处之，免其死焉。震春即营密室居之，使人日伴其为樗蒲戏，以和其心，英遂赖以安矣。

二四　易哭庵再失肃政使

易顺鼎以作艳诗，侮唐在礼妻，遂失参政。后赵维熙呈举为肃政使，已将下令，顺鼎忽以《赠津伎李三姑》诗刊于报，嫉之者以报上呈。先公阅其诗，有"臀比西方美人臀"诸猥亵句，顾左右曰："是人如是放荡轻薄，堪为肃政使耶？"令遂寝。顺鼎终于为印铸局参事者，美人贻之也。

二五　段祺瑞重用徐树铮

段祺瑞外刚而内荏，其用徐树铮也，知非正远之材，时谓左右曰："败予事者，必树铮也，必去之。"言虽坚切，及见树铮，则又惧而悔前言矣，独不知祺瑞惧于树铮者又何耶？祺瑞长陆军部时，政令咸出于树铮，祺瑞不敢预涉，颠倒刑赏，尽失军心，卒致一败涂地。或为祺瑞惜，知其不善而用之，此孰之罪耶？

二六　段祺瑞反对帝制

洪宪改元之先，段祺瑞初尝以帝制为非，特恶杨度等等专恣，恐偾事耳。杨度等遂谗于大兄，谓将有不利焉。大兄怒，因入告，先公不纳。大兄益愤，乃密遣人谋刺杀之。段祺瑞惧，引疾避居西山。其妻，先母之寄女也，入泣予先母前，力为祺瑞白，誓无贰。先母素不预外事，因怜其诚，向先公述之。先公曰：“予久知芝泉无他，惟克定不察，妄信人言，使芝泉引避，予心犹歉然焉。”乃嘱先母婉劝大兄，大兄性刚愎，终不释然，而又狐疑怯懦，不敢遽加危害，坐使祺瑞叛离，及重入内阁，迫先公至死，虽祺瑞辜恩背义，亦大兄有以酿成之也。

二七　徐世昌好金石

徐世昌自命工书，初摹山谷，复宗长公，而腕弱笔俗，实未能工也。好金石，复不辨真赝，闻潍县陈氏有太保鼎二：一曰“太保作宝鼎”，一曰“太保鼎”。世昌以己为清之太保也，必欲致之，悬五千金，估人艳之，求于陈氏，举二鼎入都。此二鼎为陈氏藏彝器之下乘，以之储精小金石，装置未遑详检，遗二物于其中，陈氏不知也。

及至都，献于世昌。世昌大悦，如悬金予之。搜鼎中故纸，二物坠见，金错银镂，光芒照炫。世昌以其微，轻之，掷还估人。估人亦不识为何器，怀之归。欲估之而无受者。有拓工朱某，持二鼎拓本示予。鼎大逾斗，字画稚弱，未敢目为真也。朱某又以估人持去鼎中所遗二物见告，予偕之访估人，索观二物。估人出示：一作虎形，长二寸许，中空，首尾俱穿，身刻虎文，朱碧莹然，背金错“大攻”“胥”三篆文。按：“胥”，周官名；“大攻”则冬官名也。周礼佚冬官，于此获知其一，古物之有益于学，诚大矣！审此物为周代铜锁，错以官名，官家所用，“大攻”“胥”掌执者也。一作虎首形，阔二寸弱，高不盈寸，中空，面凸起，耳鼻口颊，突兀有致；细银片为文，灿烂晶莹；背平，中有孔，如桃。下端横镂银文篆书“左徵”二字。颈作椭圆，形口作扁孔，中有一齿，判分为二，盖用以衔环者，此汉铜铺首也。“左徵”当亦官名，曾见一汉弩机，正同此文，可以征也。斯周锁汉铺，制作文字，俱精古无伦，识为真确，询值，索百金，亟如数易归焉。

二八　拯救唐继星不果

民党有唐继星者，粤商唐景星子也。清末季，以革命入清苑县狱，至辛亥，始释出，寓天津，理国民党支部。癸丑之先，有女党人输弹械入都，屡为京探破获，谓继星为魁，悬金购之，探者密布。继星犹自以为无所患也，日作狎邪游，昵一伎，寝食必于是。予于友人筵中识之，颇相得，日相饮博。

一夕，饮于天津南市伎家，予大醉，必欲归寓，呼马车待于门。继星扶予出，登车时，模糊间见有数警兵，徘徊车侧，时已解严，颇以为异，以无关予事，置之。予以过醉，丐继星送至寓门，遂偕行。翌日，或告予曰：“昨夜君救继星矣。”予详诘之。或曰：“探知继星饮于伎家，往捕之，见君在座，未敢遽入。比筵终，见继星扶君出，登君车，又未敢发。君虽无意，继星则深以为感也。”予始恍然昨夜之所见也，乃访继星于日租界德义楼，嘱其暂勿至南市，复以书致执法者，为之解释，月余无动作，意必无事矣。

又一夕，予宴客于南市伎家，座有继星，饮继以博，御者忽入室，低语予曰：“有数探偕警兵围于门，时相耳语，或有至此室窗下窃窥者。”予心知必为继星而来，思有以援之。博局终，予谓继星曰：“有要事与君筹议，今夕必偕至德义楼一谈，此间嚣庞，非宜也。”继星预有伎约，请予明夕谈。予不可，必强之行，且招所狎伎同往，继星始允。

予使御者引车至，以臂挽继星，挟之登车，探与警俱目视不敢前，乃驶至德义楼。入室，谓之曰：“君见伎家门前之警备乎？”继星曰：“见之，何耶？”予曰：“捕君者也。予已为君解释，竟不能达，君久居此，必无幸。且今日之备，严于往昔，恐有特令，时时足虑也。”继星曰：“奈何？”予曰：“君可乘日本商船南下，抵沪庶免矣。”立使旅店侍役，询轮舟行期，适是夕有开行者，亟为整装，送之登轮。予以继星可逃祸矣。后闻在沪为其兄所卖，诱至华界，执付使署，遂解京弹杀。呜呼！兄弟手足也，竟自残害，于是益叹今世之衰乱矣！或曰：“继星谋乱，君家之敌也，胡为救之？”予曰：“谋政者公也，友谊者私也，虽不可以私废公，亦不可因政丧谊。继星有谋，予未见之，亦未有实施之迹，不能专断也。彼既善于予，予友也，岂可坐视其死而不一拯济耶！后苟作乱，自有正其罪者，今予但尽予心耳。倘已作乱者，予亦不与之友矣。”

二九　靳云鹏负段祺瑞

靳云鹏为段祺瑞门下士，与徐树铮皆受祺瑞特拔，因授将军，督山东军务。云鹏小有才而自妄大，长民政者，多为所扼，无久于任者。洪宪之初，拟抗命独立，先公闻之，欲正其罪，赖祺瑞挽救得免，仅予内调。祺瑞之施恩于云鹏至矣，卒负之他附。小人末世，如是如是！祺瑞鼻不正而负先公，云鹏目不正而负祺瑞。其亦天道循环耶！

三〇　熊希龄取热河行宫宝藏

熊希龄都统热河，尽取清行宫宝藏辇归，可谓鼠窃之大者也。第一流内阁之首，仅狗盗材耳！藏书中，有北宋刊《刘文房集》，绝精，且有宋及明代人题跋，簏外误揭为明刊，熊氏因置之未携，幸矣！后此书已为清室收回，储于武英殿中，傅增湘曾假以摄影，斯后庶不致复堕入奸宄手中矣。

三一　拯救黎元洪

张振武之诛，外间渐知为黎元洪之电请，振武之党徒深衔之，颇欲扰武昌以危元洪。元洪惧，力请入觐，先公许之；又请严卫，先公亦许之。恐有危害及阻行者，初未宣言北迁，但云入觐立返，行期亦不使人知。及抵京，见先公曰："保全元洪一命矣！"其迫虑可知。眷属后至，先公知其意，不敢居外，早为陈备于瀛台中，台故清帝居，结构精严，又为盛施，无不美适。元洪至，顾而大乐，谓左右曰："予生平所未曾有也。"复谢先公曰："元洪处武昌，无一夕安，今而后得高枕卧矣。"

三二　别迁黎元洪

及帝制初筹时，先公以元洪居府中，多有不宜，乃修邸迁之。或谏先公曰："不可使宋卿外居，不易监察，苟变将奈何！"先公曰："予遇宋卿厚，无虑有他，况改政犹未定也。"窃谓丁兹末世，道义丧绝，复何有亲谊者！先公过以君子度人矣。

三三　议恢复汉衣冠

吾人今所服斜襟短领之衣，满清入关后之制也，自变政后，罢其官服，而私服依旧焉。晚近日趋怪乱，且吉凶之礼，服多不适，虽参用西式制，而于习尚终相背也。故日本不废和服。予于癸丑返都之始，即为先公言之，先公命与吴廷燮先议祭祀之冠服，于是定玄衣穗裳冕旒之制。衣以十二章判等次：元首衣十二章、冕十二旒；上卿、中卿九章九旒；少卿、上大夫七章七旒；中下大夫五章五旒；士三章三旒。元首金锦为绅，卿以下银锦为绅，庶人素衣，冕无旒，玄绅，服之以祭天。后为黎元洪废之，汉衣冠遂不复见矣。

三四 青岛、泰山、济南之游

甲寅春，奉先公命，送长妹归青岛。先公召予曰："青岛虽为德人所攘，若一旦东邻谋我，必自青岛始，德失青岛，则我危矣！京畿偏居东北，谋我者北出奉天，东出青岛，合迫都城，朝发夕至，西南诸省，不及北援，都城苟危，天下尚能安乎！予昔曾至青岛，默察其地，外虽有险可据，而面海多雾，咫尺之地，无可退守，倘自海攻之，善战者不终日可下矣。若自陆进，多有山阻，则不能必操胜算。今天险犹昔，人事恐多变更。汝往，可详察之，且审津浦铁道近济南之南北险要，如有询者，即谓游山可耳。"

予遂假此拟一登泰岳，易顺鼎闻之，欣然偕往，从游者计有五人。首日至天津，次日至济南，咸宿车中。三日至青岛。时三月初，正红紫缤纷、青碧萦错，不似河北之萧瑟也。寓青岛七日，游劳山诸胜。德人邀观飞机，机如巨鸟，前后可坐二人，与之偕举，绕岛一周而下，机中无他苦，惟机声聒耳，火星乱坠，及天风之迫耳。时我国尚鲜此机，青岛弹丸之地，已存备十数架，其防卫之密可知！惜其地太促隘，诚如先公之所虑也。

青岛之学校尤良美，严法善教，所学坚实，学者都谦俭勤静，略无浮夸佚荡之习，虽休沐之日，未见有大学生徒华服而骈游于市者。商贾咸谨诚，不闻或有欺妄。境内人安，盗窃不至，夜户不闭，路遗不拾，德人之治，可以法也。

予假寓德人所建之旅舍，凭栏观海，云涛荡胸，朝日夕月，尤开奇景。旅舍外门，昼夜辟敞，无闭时，无守者，侍者仅伺应于室。每外出，以钥悬于门侧，归则取钥自入，从无乱入他人室者，珍贵之器，虽置几案，亦无虑也。盖德人以德遇人，人则以德报之。今则危乱惕惧，昔以为桃源者，反视为畏途矣！

离青岛仍返济南，时靳云鹏督山东军事，高仰止师长民政。师邀入署中小住，昔之抚衙也。先公抚东时曾居之。署后有园，具亭台池沼之胜，予幼时所最喜流连者。昔觉景阔径远，游之不尽，今日重临，似举足之间，已无余地，胡大小之殊若是，岂观感之不同耶？游大明湖，亦同此慨。署中司文牍者，太仓姚鹏图，杞县步翔芬，咸予友也。鹏图工书，翔芬工诗，趋径之超，今人罕有，䜩谈三夕，遂游泰山，翔芬亦偕行。

车至泰安县，县令冯汝骥，予乡人，先公旧属，导予登山。先游东岳庙，藏有玉印，方三寸许，高亦如之，经火煅毁，色赤而黯，文曰“天仙照鉴”，盖道家所用，制作在唐以后，俗谓为汉印，谬矣。又一玉圭，长二尺许，厚一寸余，质黑白色，雕琢不甚古，首温尾寒，俗谓之温凉玉，亦奇物也。又观清高宗颁赐瓷器，色质粗新，恐非原器矣。

稍坐，乘笋舆上行，直达岱顶，入南天门之四十八盘为最难行。所谓四十八盘者有三，凡百廿余级，皆砌石为阶，峭直向上，每行四十八盘，有丈余地，可以稍憩，舆人蟹行，游者至此，无不失色相顾。既入南天门，即至岱顶矣。宿碧霞元君祠后斗室中。

予登山时，挟裘可六袭，衾褥一巨束，他人咸笑予呆，予告以山巅必寒，不可不备。人咸曰：“山下已易夹衣，山巅虽寒，棉者可矣，况一夕之宿，君独不厌其烦赘欤？”予笑而不之应。及至巅，夜寒甚，咸战栗不可支，独翔芬携一裘，予遂以余裘尽假于人，更燃炉室中，始有温意。翌晨，起观日出，尚未破晓，益寒如严冬，乱云如絮，拂拂衣袖间，若立海中，波涛四涌，众山微露，远处渐明，望之若园林焉，若楼台也、若旷场也、若舞队也，若花、若石、若禽、若兽、若山、若河，咸云之为幻也。变化未穷，日已破空而出，赤光照射，万象俱杳，虽未获观日出之胜，而云海澎湃，亦大观矣！

入室进食，尚拟探幽，忽日没云合，天欲雨矣，佳兴遂阻，乃作归计。至经石峪，经六朝人所书也，字大逾尺，纵横有奇致，刻于石上，石之阔大倍于虎丘之千人石，捶拓既多，故渐有剥损，俯地摩挲，不忍遽舍。是时天已垂暮，乃宿斗姆宫。宫昔为胜地，传多韵事，有尼名靓云者，美而才，先公抚东时，大兄登岱曾见之，予见其所持靓云书箑，簪花妙格也。询之老尼，谓久化去，今尚存一老尼、二幼尼，非复当年，密室成为瓦砾矣。

顺鼎老有童心，性且好事，谓罗惇曧曾识一尼，名正巽，赠诗颇多，因招老尼至，诘之曰：“有名正巽者今安在？”老尼指一年约二十、面黑目斜者曰：“此即是也，今赖此徒微博香火资耳。”顺鼎曰：“尚有佳者否？”老尼曰：“昔有一徒，色颇丽艳，今从良去矣。”

予闻之大诧，谓之曰：“尼胡不良，何所从而良耶！”老尼曰：“嫁人耳。”予曰：“所适为谁？”老尼曰：“徐州张大帅也。”予笑谓顺鼎曰：“尼而嫁奇矣，嫁大帅尤奇，尼嫁曰从良，诚奇之又奇者也！”老尼曰：“予徒之从良者多矣，何奇之有哉！”予合十而向之曰：“罪过！罪过！”

一老尼一正巽外，尚有一稚尼，度之，不过十一二龄耳，已能以色笑承人，真佛家所谓地狱也。夜半，顺鼎犹徘徊不眠，后强邀予至尼居室，闲话竟夕，题诗于壁，嬲予和之，正巽蠢蠢，不解所谓，窥其意，犹憎我辈之污其壁也。顺鼎复逐句为正巽解说，首摇指画，不惮其劳。予视正巽，则已低眉入定矣！

翌晨遂偕诸侣游昨游未尽者，逾午登车行。

泰安发车，历时许，至曲阜，驿去孔林十余里，易舆，越泗水，诣衍圣公邸，邸居庙侧，建筑宏轩。衍圣公孔令贻之兄，予姑丈也，丈以病废，入谒丈及姑母，令贻邀予及诸侣同宿邸中，出古冠服等见示：一、古履，朱色方首，谓是宣圣遗物。二、纱蟒袍，明代袭公之官服也。三、宋人临吴道子画宣圣像。四、明太祖像。五、宋元以降袭公像。六、牙牌，明入朝时所佩者。七、象笏。八、玉带。九、纱帽，明代物也。久困胡尘，忽瞻汉仪，今虏廷虽覆，而衣冠依然，对此遂兴思汉之情。

诘旦，诣孔庙，令贻相偕，趋大成殿，瞻宣圣金像，九拜于阶。历观诸配殿。殿前庑下，诸汉碑在焉，石古而润，摩挲久之。还邸，出清高宗颁赐古祭器十事，陈于几上：

甲、商父戊鼎。文曰“戊鼎木壬丹”。原释为作文考孟木工丹，定为周器，误矣。高七十（寸）九分，深四寸六分，耳高一寸八分，阔二寸，口径七寸七分，腹围一尺四寸四分，重一百二十五两，铭在腹内，遍体朱碧，朱若髹漆，碧若翡翠，为十器之冠，真奇宝也！

乙、商亚尊。亚字形，原亦误定为周器。高一尺二寸，深七寸四分，口径六寸四分，腹围九寸二分，重六十五两，朱紫灿烂，古气盎然。

丙、周牺尊。牺形，无铭。高七寸二分，深三寸，口径二寸一分，身长一尺一寸三分，阔三寸九分，重九十九两。

丁、周白彝。铭二十字，多漫灭，可辨者仅“白作彝用人永”六字耳。高五寸，深四尺，口径七寸二分，腹围一尺九寸，重五十六两，存铭文第一、第二、第四、第十六、第十八诸字，末一字似“宝”字。

戊、商父乙卣。铭曰“丹父乙”。此亦误定为周器。高通盖九寸一分，深五寸九分，口纵三寸五分，横四寸五分，腹围一尺九寸八分，重一百四十两，腹刻雷文，余素无饰。

己、周夔文敦。无铭，高通盖七寸二分。

庚、周赛簠。铭曰：“赛作□簠，其子子孙孙永宝用。”原“赛”误释为“宝自”二字。高三寸，深二寸一分，口纵七寸，横八寸四分，重八十五两。

辛、周夔文豆。无铭。高通盖七寸八分，深三寸，口径五寸二分，腹围一尺八寸四分，重一百十一两。错金镂银，作夔凤文，三代器之错镂者颇罕有，虽无铭字，亦足宝矣。

壬、周饕餮甗。无铭。高一尺三分，深自口至鬲五寸一分，自鬲至底三寸四分，耳高二寸，阔一寸九分，口径八寸三分，腹围一尺九寸二分，重一百四十四两。甗底蔽铜一片，上有十字穿围，有关捩可启闭。

癸、四足鬲。无铭。高六寸六分，深四寸六分，口纵五寸二分，横六寸六分，腹围二尺五寸二分，重一百五十五两。两耳四足，周素无文。

十器俱精古，附有《御制诗章考释器图》一册，图按器缩绘，填以朱碧，与原器无异。于敏中奉敕题“器备从先”四字。又按器制檀几一，此为乾隆卅六年颁给衍圣公昭焕者。抚玩良久，油然神往，遵图册录其铭文，记其度量。当时钟鼎文字，尚未昌明，虽有宋代宣和薛氏诸图帖，然多讹误，故此十器，考释未能正确焉。更出示邸中所藏历代祭器，及收储古器物，三代以降，下至元明，多为外间所罕见者。昔藏宋本书籍，多遭窃鬻，惜哉！令贻又导瞻孔林，巍巍郁郁，洵胜迹也！复九拜而去。

谒孔林后辞姑丈、姑母，复谢令贻假馆授餐之惠，返车，拟直入都，及抵济南，高仰止师已俟于驿舍，必邀作十日之游，意不可却，乃止。即偕入署。高师曰：“某日为扆卿太夫人七十寿，弟既来兹，不可失礼。”予诺之，盖扆卿，云鹏字也，立电陈先公。旋得覆电，谓已饬庶务司制匾备寿物，物备即遣送达，颁给靳母，且命予莅贺，予遂留居师署中。一日，张树元邀饮城南商埠一商栈中，因避嚣也。饮毕，继以雀战，金招女乐，歌以佐兴，中有一女伶，肖予故友杨朴仁侍姬津伶金小宝，就询之，果是。诘其下堂始末，小宝挥涕而述曰：“嫁杨公四阅月，公忽以疫卒，因随其母及长妇扶柩返芜湖，月给五金，不令婢妪供役使，遗腹诞一子，犹自操劳，困苦不堪言状，复并五金亦止不予，衣食不能继，遂求去，其妇留子遣予出，自顾老大，乃鬻歌于鲁豫间，差免冻馁耳！”予闻之，欷歔不止。

又睹一伶，乃昔客天津所赏之张桂林也。桂林忽遇予，似亦惊喜，就予深语，道三年来所遭遘，且询其师汪笑侬踪迹，知予与笑侬交好也。予一一告之，翦烛达旦，始各散去。日逐酒博，垂垂倦矣。及靳母令辰，乃往祝贺，云鹏留饮，高师已先至，俟予于座中。时陈杂剧于堂，有代云鹏知宾客者，请予点剧使演，予数却之，不获，乃点金小宝演《鸿鸾禧》，张桂林演《游界关》，咸二伶合作也。二剧既终，知宾客者强二伶登台谢予，二伶忸怩而登，桂林鞠躬三俯，小宝却立不前，知宾客者叱之使跪，予窘甚，亟起呼之曰：“可已！可已！胡跪为！”以手挥之，二伶始下。四座见之，纵声笑！予不安，乃不别主人去。

既寿靳母，遂拟返都。先一日，高师饯予于大明湖历下亭，座有姚鹏图、步翔芬暨诸游侣。是夕，张树元设祖道于城南，予复密约桂林于日本旅馆，未使一人知也。既至历下亭，已逾未正，筵开樽举，鹏图倡行酒令，即席赋“竞”“病”韵诗以佐饮。予心虑失桂林之约，匆促赋成，及座客诗俱成，已薄暮矣。筵散，嘱诸侣先至城南候予，予随仰师返署言别，师有所陈述，授予入都面陈先公。予既别师，至署前堂，见师所备舆马护从以送予者，咸俟于堂下。予恶其扰，避之，绕旁门出署，呼市车至日本旅馆。桂林伫望已久，相与畅话，夜中始别，践赴树元约。诸侣见予至，惊诧相告曰：“公何往耶？公师知公独行，大责仆从，失于随护，立命警察厅长安仁，率警卒及舆马至北里中寻公，安仁张灯，遍叩青楼之门，诸伎仓惶，不知所措，而公仍杳然，兹犹大索于城南诸娼家也。”予骇然曰：“予纵狎邪游，亦不应如此张皇寻索，倘为人传述，诚笑谈也，吾师胡不谅若是耶！”立使人告安仁，始不复扰攘。予遂以所约告诸侣，欢饮达旦，登车北返矣。

三五　沈翔之之死

沈翔之字虬斋，陈其美之谋士也。机警多智，学识亦超，善鉴赏，富藏书画。予客津时，识之于舒清阿座中，同有嗜古癖，交游乃殷。予游沪，复遇之，因宋教仁之案，党人多有指予主使者，颇欲得予而甘心，赖翔之力为解释，幸免祸变。时陈其美、应桂馨谋乱江南，思囚予为质，予未知也。一日，桂馨宴予于其寓，翔之预诫予不可践。是夕，桂馨以车来，必邀予往，且嘱予载怡情、琴言诸伎偕行。予过怡情处邀之，怡情亦止予不赴，盖翔之预嘱其阻予也。予遂以书谢辞。后始知桂馨之谋，诚危矣！

予北归，未即与翔之通讯，不知予游鲁返京之日，即翔之被害之日也。先是，翔之佐其美再举兵，事败后，蛰处沪上，翔之忽电先公退位，先公一笑置之。统率办事处诸人则衔之深，悬重金缉之，其友贪赏，饮以药酒，载之入华界，执付探者，遂解至都下执法处。翔之乞与予一见，执法告以予游鲁未归，翔之谓执法者曰："拟乞寒云代予陈请，愿著党史，幽锢终身，但乞贷一死耳。诸公如能代达元首，当泥首以谢。况劝退位之电，乃他人主使，非予衷也。"执法者不之应，翔之叹息久之，及予至，已弹杀之矣。予闻其嘱托之言，深憾有负吾友，遂以其言入陈先公。先公曰："早有告者，必可赦也。予曾读其所作《劝学篇书后》，深赏其才，竟不得其死，惜哉！"予曰：

“翔之前岁入都，即有北向之志，以嫉之者多，无为容者，遂怅怅南归，今遘此祸，亦彼佐陈其美妄杀之报耳。”先公令厚殓之，且返其榇焉。

三六　驱逐方某

皖人方某，年少能诗，予以廉泉介绍认识之。方善摹予书，因延为书记，乃下榻于流水音。方某与朱启钤之第三女交甚密，遂假余书斋之电机，时通好辞，予与朱咸不知也。

一日，方某又自机招女，适朱启钤在机侧，接听询何地、为谁，方某以流水音及予名对。朱厉声再诘，方某知不善，即掷机遁。朱诘接机者，则确为流水音拨来也。朱甚怒，招女至，叱之跪，严询之，女自承与予交好，朱惶然。入陈先公。先公知余素不苟且，虽喜狎游，而于闺室未敢一窥也，乃力为余白，且谓必有奸徒假名，不可不详察也。

朱退，告府中庶务司丞郭葆昌，使询于予，予骇然。朱女与予虽于宴会中偶值，而从未通一辞也。立呼诸仆至，一一诘之，何人曾假电机焉？仆有屡遇方某对机低语者，因以语予。予遂下逐客令，使方某他徙，予之冤乃白。

寒云日记

袁寒云手书日记序

项城袁君寒云，尝手书日记若干卷，自甲子迄庚午，凡七年，年各一册，大抵叙友朋游宴之迹，而于所嗜事物，如图书、货币，亦间有记述。寒云既谢世，甲子、乙丑两册，置张汉卿将军所，沈变佚去。丙寅、丁卯两册，辗转为刘少岩先生所得，余不能详也。人情每见所好，过眼即置之，独少岩豪侠异众，出多金藏其手迹，复不靳重值影印，使留真而广流传，用心之笃，可谓难矣。余伤寒云之逝，而喜其手泽得长存人间，少岩风义未可及也。

共和廿五年三月新城陈瀚一

题寒云丙寅丁卯日记二册

为少岩兄作

中垒搜书稿获珍，卷中风度照麒麟。廿年诗酒交情在，神墨雠题有故人。

世家兴废不需谈，落拓江湖是好男。秀写怀中枨触意，建安才子褚河南。

寅卯亲书首尾年，碑图金石万珠船。应知中岁多家难，记事曾无政一篇。

衣冠古梦拜吾刘，遗箸精刊到相州。风雨高楼皇二子，谁怜人物传陈留。

丙子春二月　武昌刘成禺

丙寅日记

正月初一日　晨祭祖祀神。斐叔来拜年。（自今岁始，为人作书咸改署别字“寒云一人”。）

初二日　静庵、南苹偕过。静庵出货布造像，见贻，布面文与新莽货币同，背范佛像三，坐莲座，上有流云，下有山石，石间镂水纹，制绝精，六朝时压胜品也。古压胜泉布，其绘像者多道家神仙之类，范佛像若古造像者，初未经见，厥布洵勵有之奇品也（图1）。得峻斋书。

图1

初三日　南湖孝吾过谭。南湖为予题《泉简》，并钤所藏清高宗“乐天”“惟精惟一”两黄玉玺于后。

初四日　重粲游海王村归，示我所得明女史马邢慈静画观音立轴。纸本白描，妙品也。

初五日　晨雪，夕大风。

初六日　拥炉读小说，日竟四五卷。莫伤出无车，关河行役嗟已倦。睇彼嚣尘中，扰攘归一幻。

初七日　十妹自天津以电机通辞讯问，与言良久。拓汉残石（图2）补辍（缀）于册。厥石字画方劲，犹存篆意，熹平一石逊此远矣。

图2

初八日　夜大风。

初九日　即事一首："飙风吼庭户，尘霾天为昏。高吹欲破屋，狂嚣长闭门。荒城疑鬼啸，怒海惊涛喧。凄厉肃四极，独居遣烦冤。"

初十日　风后寒甚。

十一日　午后四时之津。车中遇白坚父，观其汴中新得严卯，刻画甚精，与予藏相伯仲，惟质为碧玉，亦确是汉物也。予藏白玉一品，第七句与此品咸为"赤疠刚瘅"，足正汉《舆服志》"庶疠"之误焉。夕抵沽上居宅中。夜访地山师，欢谭久之。

十二日　夕邀地师、坚父饮宅中。师以政和元宝和银小泉见贻(图3)。泉有三圆孔，且缺一角。(政和泉皆通宝铁泉，有重宝已希有矣。元宝则未前闻。地师既得隶书折二泉，复获此品，因予藏宣和元宝银小平泉，故见贻以为耦焉。)

图3

十三日　与地师夕餐于国民饭店。

十四日　琼姬自京来，与之偕居国民饭店。地师来。

十五日　沅叔过谭，地师邀饮共和春。

十六日　地师、沅叔来谭。

十七日　夕偕地师、琼姬至光明社观电影。

十八日　地师来。得倚虹书，答之。

十九日　紫云来，闲话。雪青女士自京南归，过沽上小住，与予比室居，琼姬友也。

二十日　杨味云世丈过谭，为人书联帖，戏成偶语，曰："明月二分，生愁无赖；腰缠十万，且赋归来。"盖其人以倡业致多金，将归扬州起广厦，谓以此帖张之新居云。

二十一日　地山师归，来谭。

二十二日　地师来。为雪青书屏四帧，临两周金文。

二十三日　地师、梅真来。夕大呕，早眠。

二十四日　地师晨来问疾。夕雨。

二十五日　病可。偕梅真、琼姬观《三剑客》影剧。

二十六日　诣白楼宅访地师，不遇。返寓，师已先至。夕为人书联帖。

二十七日　地师邀饮百花村，偕琼姬往。

二十八日　地师来，博戏。

二十九日　与琼姬并携三儿观《秘密红光》影剧。

二月初一日　梅真、十妹携三儿及初观息来，遂与琼姬偕往新明院观剧。

初二日　秀英邀观影剧，偕琼姬往。

初三日　地师过谭。

初四日　至白楼宅。偕十妹、梅真及初观息来寓。夕餐后，并邀琼姬同往光明社观《空谷兰》影剧前部。

初五日　地师来谭。

初六日　健伯见过。致佐卿书。

初七日　偕琼姬观《空谷兰》后部。

初八日　地师来。夕为人书联帖。

初九日　沽上嚣甚，流离载涂，伤之。得大雄书。

初十日　危楼四匝嚣尘远，满地江湖系梦思。四十五弦弹未彻，移镫肯负月来迟。

十一日　地师来谭。

十二日　秀英原名小桃红，今名莺莺，咸予旧欢小字也，对之枨触。爰致语曰："提起小名儿，昔梦已非，新欢又队（坠）；漫言桃叶渡，春风依旧，人面谁家。"又曰："薄幸真成小玉悲，折柳分钗，空寻断梦；旧心漫与桃花说，愁红泣绿，不似当年。"

十三日　地师来谭。

十四日　为人书联帖。

十五日　偕梅真、栖琼观电影。

十六日　健伯继昏太仓王氏，谱《贺新郎》贺之："一笑江南去。海天中、长风万里，片帆轻渡。携得鸾胶弦教续，莫遣佳期重误。枉念取、寻春前路。大道王家人似玉，更重（双）修、慧福君应妒。何须论，缣与素。
归来堂畔鸳鸯住。待承欢、慈亲俱老，起居将护。三日调羹趋厨下，古训而今肯负（慕）。看并立、双辉玉树。见说承家传妙笔，便梅鸡、燕景都成趣。工写韵，解吟絮。"

十七日　地师来谭。

十八日　地师、健伯见过。

十九日　夕偕琼姬至光明社观电影。

二十日　地师邀饮百花村。

二十一日　偕琼姬登天羊楼。漫作："荒寒向夜浸，海水转萧沉。入市孤怀倦，登楼百感深。东风舒道柳，朔月黯郊林。何处歌声咽，愁闻变徵音。"

二十二日　撰《沽上春痕》，寄大雄。

二十三日　得佐卿书。

二十四日　地师来谭。

图 4

二十五日　佐卿寄来金货二品：一葡萄牙四爱司古度金货（图 4），面范密给耳一世像，周题其名及国名，并纪元一千八百三十一年，背绘冕及国徽。一汉诺威十它拉金货（图 5），面范乔治四世像，周题其名及国名，背周纪属地名，中纪货名，并纪元一千八百三十年。（英吉利汉诺威朝系出自汉诺威邦，汉为日耳曼联邦之一，以是附庸于英。至西元一千八百三十年后，英始别立君主以王之。）

二十六日　地师来谭。

二十七日　夕偕梅真、琼姬观电影。

二十八日　复佐卿书，并索新获金货。

二十九日　地师来谭。

三月初一日　地师、健伯来谭。

初二日　海上伎新茶花，琼姬义妹也。为制偶令新谱，书联帖致之。词曰："杨柳绽新枝，梦却迟相思，在香爇茶温地。海棠扶薄醉，欢初腻多丽，正月圆花好时。"

图5

初三日　地师、健伯来，博戏。

初四日　古歌曰："眉比月兮无缺，发如云兮弗绝；梦迢递兮一觉，与之子兮长相悦。"

初五日　得佐卿书，答之。

初六日　为人书联帖二十余纸，腕欲折矣。

初七日　三妹自辽归，过予。梅真亦至，欢谭逾子。

初八日　夕偕琼姬邀十妹观电影。

初九日　诣白楼宅，晤六庶母，见属绘瓦当文衣。归途市得法兰西香水一樽，香静而永。樽以白琉璃琱弥勒佛像，欢熹（喜）庄严，仿佛唐造像焉。

初十日　地山师来谭。三妹、十妹亦偕至。

十一日　小雨。十妹来，与琼姬邀之至光明社观电影。复相偕送归白楼宅。

十二日　健伯、仲侄先后至。夕忽发寒热，饮姜茶一瓯，汗出，乃爽然。

十三日　地山师来。夕三妹、十妹偕李家姊娣四人见过。梅真亦至。

十四日　十妹邀琼姬观电影。予在旅舍陪三妹及妹婿琪山并李壮飞伉俪闲话。王学农以微事婴获罪遭囚，丐徐生子权来乞予营救。予与当路显者皆非素识，欲却之，然不忍坐视其死，乃姑妄致书张宗昌，请为说解，托其师李徵五携致。得免与否，视彼之运命耳。

十五日　偕琼姬返居地纬路宅。梅真、十妹携宜、祉二女及增、麟两侄，潜、姞两〈两〉女侄，亦自白楼归。

十六日　致书壮飞，丐其为学农求免。

十七日　子权来谭，寄大雄书，阅《京报》纪记者邵飘萍遇害事，漫成一偈，曰："乱世命同猪狗贱，千金应自保闲身。飞蛾都向镫前扑，一死何能怨火焚。"

十八日　十妹十有八岁初度，邀李壮飞、潘履之两伉俪，壮飞两女弟及三妹夕餐。谭至夜午，始散归。

十九日　慈母率暇、彰、骝三儿，根息、印孙返宅。

二十日　偕十妹、琼姬入市市物，访地山师，至北安利进点心。别师，过三妹寓斋，遂相与诣适盦，应李氏三妹之约，坐有壮飞伉俪，为壮飞篆"适盦斋"榜，并书联帖、直幅各一事。又为其夫人篆"伴雪馆"额，观壮飞所藏《十钟山房印集》原拓，绝精且完美。

二十一日　得公司扎（札），谓公费三阅月已寄来矣。寄大雄书并稿，以译印度太戈儿所著《沉舟》首二章，节成短篇，致瘦鹃。得书成书。

二十二日　公司寄到公费一千八百圆。

二十三日　孝吾自都至，来谒。夕健伯过谭。

二十四日　小亟，岳作《双鸾袖》小辞："柔飔漫袅双鸾袖，冰肌春透。夫容醉了，海棠醒未，者回轻负。

银钩初褪，金钉乍曳，梦随帘绉。不因花困，但愁香浅，是相思候。"外舅来谭。

二十五日　偕十妹、琼姬访地山师。师邀饮百花村。夕观剧于新明院。

二十六日　延医士杨好古为慈母诊治。

二十七日　得佐卿书，赎还大金货九品、小金货二十四品。好古来覆诊。

二十八日　夕子权来访。

二十九日　老范返自京，赎还大小金货一百六十又六品。夕好古来，为慈母设天医坛，用祝由移法施治。

三十日　子权介王汉强来谒，王学农之父也。

四月初一日　得佐卿书。代琼姬寄其父书。

初二日　大妹来。偕十妹、琼姬入市市物。道访地山师，不遇。

初三日　患足疾，羸卧竟日。

初四日　左足大指剧痛，不可以履。

初五日　扶杖出室，省慈母疾，比返复卧。

初六日　壮飞偕女弟见过。

初七日　得佐卿书，答之。录梅真词、初观诗寄大雄。

初八日　慈母疾忽加剧。中夜焚香于庭，祷于天地。翌晨差瘳。疑始自日下来，见过。

初九日　琼姬为慈母疾祷于天后宫，占得上上。复问卜于江瞽，得“随之屯”，卦云：“初否，终吉，无害也。”子正，上表于天，乞延母算。自今兹始，戒杀生，戒淫恶，以及酒博贪妄，皆渐自戒除，用为母祈。陈生来谭。（代人寿某将军母，偶语：“有子做大将军，为国建奇勋，允昭慈训。举世颂贤寿母，与佛同生日，宜乐长年。”其母生于浴佛节。）

初十日　母疾微瘥，差进饮食，惟手足腹股皆肿，为可虑焉。夜复虔诚叩祷，冀格天心。

十一日　母疾微剧，四弟奉诸母来视，并为延张医士亦林诊治。夕祈祷。

十二日　慈母服张医方药，疾甚轻减，仍延之。夕祈祷，并叩请南屏祖师现金沙身指示，梅真侍右。得佐卿书，附金货拓二纸，选留七品：一、秘鲁古司各八爱斯古度；二、玻利维亚八斯古度；三、摩纳哥一百法郎；四、希腊二十特来克孟；五、西班牙二十利尔列阿；六、法兰西二十法郎；七、瑞典一刻兰。皆罕见之品，为予藏货所未有者。亟驰函购取。

十三日　得海上人书，悲悉倚虹病殁，挽之，曰：

“地狱人间，孰能赓述？论当世才名，自有文章不朽；桃花潭水，君独深情！念西风夜驿，空教涕泪长挥。”上联指所作《人间地狱》小说，下联谓予前岁北来，君送别车驿，欲伴予渡江，再三谢阻始罢。不期自兹遂不复相见矣，伤哉！夕祈祷。

十四日　母服张医方药，渐见痊可。又自都延推拿名家叶针钵按治，益轻减矣。南屏师谕祈祷百日勿间。撰《风国野史》寄大雄。曼秋来谭。

十五日　王生自海上至，来谒。

十六日　寄佐卿书。庆霖、惕敏来谒。静庵自都至，见过。《哭倚虹》二首，曰：“放眼人间皆地狱，几回呕血泣哀弦。可怜初结鸳鸯侣，一瞥东风梦不圆。”“兰（芳）摧（烧）玉（瑱）折事（古）难全，一念前，慧业忽忽已化烟（感逝），一语江都真悟彻，不才乃得永天年。”昔地山师挽江阴何鬯威进士，有“不才乃得永天年”句。吴县余冰人针神，沈寿之夫也，悲妇为奸徒所夺，撰《痛史》纪之，见寄一册，漫题曰：“绝代针神余沈寿，弥天冤苦吁无门。可怜一卷孤鹣语，尽是啼残血泪痕。”冰人自号“鹮口孤鹣”。

十七日　得问槎书，附旧楮一卷索书。

十八日　琼姬家书至，其家在华墅西后墙门。通讯地有二：一曰盛昶商店，一曰兆丰公典。拟寄资济之。

十九日　改《货腋序》旧稿，易揭曰《述货》。别撰《世界金货集略》序及跋各一首。惕敏来别，将之山东也。

夕十时二十五分地震，予方与愓敏对卧烟霞榻间，榻遽震摇，窗棂各各有声，历时三秒始寂定。予心忡忡不宁久之。致吴桐渊同社书。

二十日　得大雄书。

二十一日　撰《婆娑婆生传》，生，倚虹号也。答大雄书。曼秋来谭。

二十二日　琼姬生母俞贡氏自华墅罗卜桥来书讯问，为答之。《再哭倚虹》二首，曰："江南此日肠真断，湖上当年梦有词。绝代文章传小说，弥天泪语几人知。""小别三年一弹指，人天终古念音容。低徊一卷销魂语，忍捡遗诗怆箧中。"

二十三日　晨旧督行署火，适对予居庐，火星星落屋瓦上，妇孺惊起，亦危已。全署悉焚，历三时许始灭。夕愓敏返自济南。得桐渊复书，邀予往游，答之。

二十四日　健伯来谭。寄大雄书。

二十五日　自今日始，随手录知见闻于册，揭曰《小箧子》。得佐卿书，谓所选金货已为它人捷足攫去其四，为之惘然不快者久之。物之得失，信有数也，即答之。为人书联帖句曰："四时读书乐，二分明月中。"其人乃扬州人，授读沽上。

二十六日　得大金货一品（图 6），里（重）一两二钱，面范徐世昌之像，背双轮，中央绘宫殿一角，数人循阶而登，略有草树。左侧题曰"仁寿同登"，上边标"中华民国十年九月"八字，下标三字曰"纪念币"，左右绘

图 6

花朵二。此乃一圆银货之范也。以金试范，若宋泉之有铁范、铜泉焉，所铸颇罕，故存之。再寄佐卿书，附银货六品。

二十七日　两日酷热逼蒸，汗流不辍。得佐卿书。夕王、宋、曹三生来谒。

二十八日　佐卿寄来金货四品：一曰西班牙八十而列阿，面范国主匪地难多七世像，左题其名，下边纪元一千八百二十三年，背绘冠、盾、宝环，并标货名（图 7）。二

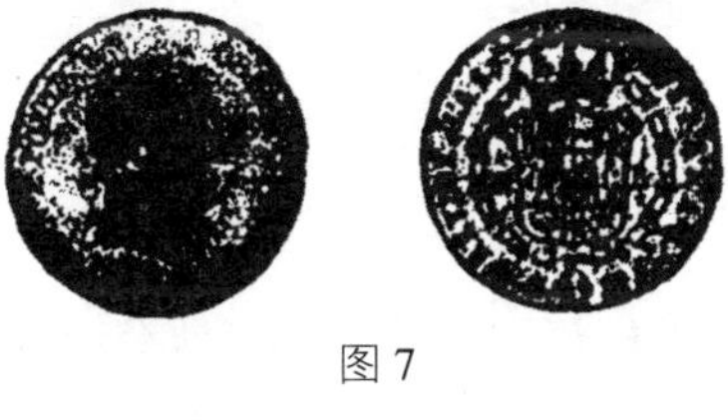

图 7

曰波利维亚八司古度，面范大将军巴利伐像，下标其名，背绘日光、重山、羊、树之图，并星六，上边题国名，下标货名并纪元一千八百四十五年（图 8）。三曰秘鲁古司各八爱斯古度，面绘人面，周有光芒，背四旗相交，上有星

图 8

五，上边题国名，左地名，右纪元一千八百三十八年，背中央绘冠、舟、海水、大山、炮垒、巨螺之图，周环以花叶，外左角标货名（图 9）。四曰厄瓜多十琐加。

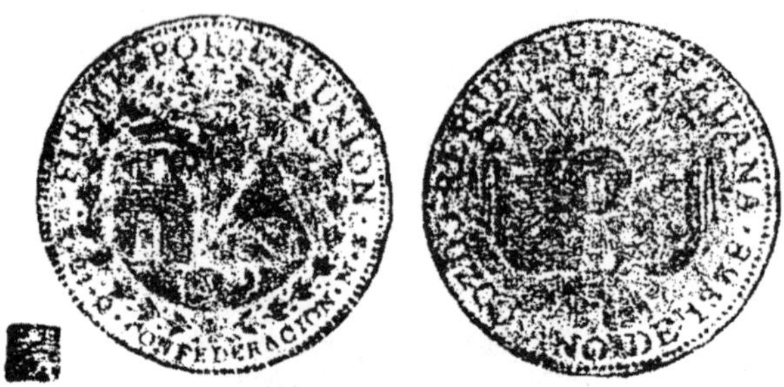

图 9

二十九日　《浣溪沙》四首，为柔柔作："一剪柔思隔梦微，因风犹自恋花飞。寻香蛱蝶肯忘归。　消息无端春乍远，绸缪何计愿终违。枉抛红豆与依依。""犹抱相思一寸温，隔花人自觅春痕。最难忘处倚黄昏。　憔悴怜伊应有恨，萧条顾我未销魂。陌头杨柳已窥门。""浅澹眉痕著意擎，向人只是未分明。谁教迢递与欢盟。　检点相思余薄泪，殷勤断梦惜残更。几回无那绕花行。”“不尽心期忍便灰，尽无人处自低徊。银屏十二梦成堆。
印到眉心才一捻，数来更漏已千回。莫教春负锦衾隈。”

五月初一日　为太原蛰庵书联。

初二日　疑始自日下来，见过。又遣老范入都，赎还金货九十又九品，已全璧归矣。

初三日　曼秋来谭。

初四日　得佐卿书并金货拓本。

初五日　王诗鹤来谒。夕梦还洹上，与五叔父笑谭甚乐。

初六日　皇考十周年忌辰，设祭，率家人展拜。得洹上电告，痛悉五叔父于昨日逝世，哭之曰：“望家园千里，梦笑语今宵，道阻乱离，不得凭棺恣一哭；后我父十年，与屈原同日，今无伯叔，又逢投米裒（抱）终天。”孙王氏，节妇也，侍慈母三十年，今日疾殁，挽之曰：“从我母于流离颠沛之时，世载忠诚，辛勤到死；报汝夫守困苦艰难之节，一生孤独，魂魄安归。”

初七日　得佐卿书，致吴子玉上将电札。

初八日　寄佐卿书，附银二百圆。江亢虎、吴桐渊先后来谭。

初九日　琼姬偶感不适，延胡嵩父医士诊治。夕曼秋来谭。

初十日　吕璧城女士见过，予犹未起，谢之。

十一日　晨雷，风雨随至。得安南“明命重宝”金货

图 10

(图 10)，面文曰“明命重宝”，篆书，中央绘日光，背范云龙文，面背周环齿文，重二钱一分强。昔得“明命通宝”银货，楷文，背有纪年“十五”两字，余悉同此。

十二日　拓“明命金宝”货寄佐卿。

十三日　得吴子玉复电。

十四日　桐渊邀饮菊楼，热甚。

十五日　狂热。曼秋来谭。寄大雄书，并录《闲居杂吟》二首。一曰：“累日苦炎蒸，竟夜辄无寐。虚室憎蝇喧，蚊雷听亦悸。掩烛避余威，开轩延佳气。天云倏焉合，下吹风卷地。萧萧回远鸣，失喜雨兼至。幽爽得安便，久溽知凉味。推枕舒短吟，悠然适吾意。”二曰：“幼读洪遵志，辄好王面泉。穷搜不可致，披图殊惘然。比岁游海上，夷估偶往旋。示我西方货，云阅千百年。灿烂以金铸，体自殊方圆。环肉具周郭，其中好不穿。厥表象王后，奕奕秋毫颠。或勒古冠盾，或以图飞仙。或有状楼阁，或复横舟船。或禽兽草木，一一穷精妍。小者半榆策(荚)，大者若镈钱。间有符泉志，咸出千载前。倾囊恣搜集，四方来联翩。盈箧三百余，还以事考稽。此中多佳趣，终岁与流连。都忘人间世，有疾亦自贤。”

十六日　挽樊山丈夫人，曰：“倡随偕老，福寿全归，五代一堂，早称淑美；歌舞当时，干戈满地，万尘千古，倏作神仙。”

十七日　赠叶针钵诗，曰：“曾闻仗剑走边关，万里萧然几往还。指上推摩力控鼎，掌中旋转气移山。传家绝技谁知汝，入世婆心我共顽。璞玉连城应自惜，相逢起舞一开颜。”

十八日　五庶母携五妹来谭。

十九日　得海上门人书。夕包丹庭见过。

二十日　为根息书箑，临《秦陶量》文。七来来，为书便面并画梅。

二十一日　六庶母来谭。谱《浣溪沙》示柔柔：“打叠欢心入梦寻，参差花树语沉沉。碧阑干曲一帘深。
待认蛾眉翻背镜，欲窥鸳思却停琴。柔情撩乱不成吟。”

二十二日　自度《相思引》曲，其词曰：“玉缸纤，宵语细，轻红乍掩残妆。者回嗍笑，还应未解人狂。便误了相思，眉间一霎，东风唤起，重与商量。几婉转，钗边袖底，无那九回肠。　　渐吹花香远，隔帘人瘦，唱彻伊凉。冰肌胜雪，尊前惜取明珰。正梦绕屏山，幻为胡蝶，魂销楚岫，愿作鸳鸯。莫孤负（等闲），将欢团絮，因愁织茧，何处高唐。”致大雄书。

二十三日　得芥尘书，答之。

二十四日　《卜算子》：“莫遣相思去，总被相思误。

一剪东风不尽柔，绾得伊人住。 梦也无寻处，梦又无凭据。道是佳期未有期，可奈朝还暮。”

二十五日 致佐卿书。

二十六日 偕琼姬观电影。

二十七日 孝吾自京来，见过。夕三妹来谭。

二十八日 为琼姬写屏，录鲍明远《舞鹤赋》。

二十九日 得疑始、惕敏书。上地山师书。乞易尚方故治铜器。

三十日 得地山师复书，允以尚方铜器见〈酿〉让。夜大雨。

六月初一日 晨雨。以明申时行行书、周之冕画梅折叠扇与地师，易尚方铜器。器拓载《乙丑日记》。

初二日 梦一女谓予曰：“林屋山人弃吾家新媛，别欢阿碧矣。”予拟赋诗调之，得“移枕”句而觉，乃足成一首，即《寄山人海上》，诗曰：“移枕过碧居，为问今何如。依约梦中语，迢遥江上书。此意量缣素，长笑回襟裾。故人独相忆，结想垂华胥。”夕雨。

初三日 夕雨。惕敏来。

初四日 得秦曼青书并拓示六朝秘戏小镜（图 11），索题。又得佐卿书，为丁问槎写张朋翀《回文赋》。

图 11

初五日　狂风骤雨。

初六日　慈母六十晋一生日，率儿女叩祝。邀合笙社曲友曲集。夕雨。

初七日　以“明命重宝”金货一品寄佐卿，乞易法兰西加罗十世二十法郎金货。

初八日　曼秋来谭。

初九日　三妹来。林屋和予赠人诗均见怀，叠均答之：“故人相望隔江〈阙〉关，同是天涯客未归（还）。吟鬓刁萧悲逝水，歌怀枨触念家山。风尘入梦嗟君老，金石垂囊笑我顽。信有青衫供涕泪，遥闻对酒日酡颜。”

初十日　佐卿寄来金货六品。一曰布加利亚十利伐，面范匪地难多一世像，背绘冠、盾，左右纪货名，下题纪元一千八百九十四年（图 12）。二曰葡萄牙二千来斯，面

图 12

范彼得五世像，下边纪元一千八百五十九年，背绘冠、盾，下纪货名（图 13）。三曰法兰西四十法郎，面范路易腓立一世像，背中央纪货并纪元一千八百三十四年，左右绘橄榄枝二环绕之（图 14）。四曰瑞典十克隆，面范阿斯加二世像，下题纪元一千八百七十四年，背绘冠、盾，下纪货名。五曰巴威略二十马克，面范路易二世像，背绘王

图 13

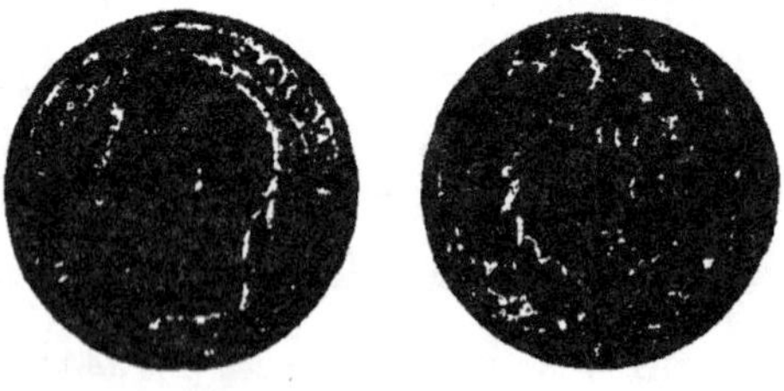

图 14

冠、神鹰，下纪货名，并题纪元一千八百七十三年。六曰智利八爱斯古度，面绘日光、山、树，下题纪元一千八百一十八年，乃独立之年也；左右绘榄枝二环之，枝外左边题国名；背绘星光、石柱并双旗交叉，旗绘星光各一，左右绘榄枝环绕，与面同；枝外右边纪货名，下题纪元一千八百三十四年，此造货之年也（图 15）。厥品绝罕见，堪〈前〉与前得秘鲁古司各一品并美，皆南〔美〕最精奇之品也。

十一日　以新得之洪宪十圆金货寄佐卿。又致周今觉及大雄、瘦鹃书。

十二日　得佐卿书，附示热内亚金货拓。予独阙此邦，为之狂喜，立答，询其直。

图 15

十三日　汇寄佐卿三百圆，属购热内亚金货。曼秋来谭。

十四日　佐卿寄来金货三品。一曰西班牙小货，面范斐立五世像，下题纪元一千七百四十一年，背绘冠、盾

图 16

（图 16）。二曰法兰西四十法郎，面范拿破仑一世像，首加榄冠，背中央题货名，左右绘榄枝二环之，枝外上边题曰“帝国法兰西”，下边纪元一千八百一十一年（图 17）。三曰玻利维亚八司古度，面范巴利伐像，下联戎服半身，下题其名，背绘日光、重山、羊、树之状，下绘六星，上边题国名，下题货名并纪元一千八百三十八年（图 18）。厥品早于先得一品七年，像亦差异。

图 17

图 18

十五日　得金货一品，面范拿翁像，背题“民主国法兰西纪元第十三年”，乃革命纪元，即西元一千八百又四年也（图 19）。余同前得一品。夕吴宜常邀饮，诣地师小谭。

图 19

十六日　曲集。得林屋书。

十七日　邀宜常、仲德议筹振会事，同学王紫春、孙滢父见过。得佐卿书。

十八日　得今觉书。

十九日　致今觉、佐卿书。曼秋来谭。

二十日　撰《邮券杂话》，寄今觉；《纪邮乘》，寄大雄。

二十一日　得佐卿书，谓热内亚金货已购定矣。

二十二日　答佐卿书。夕大雷雨。

二十三日　为曼青题《秘戏小镜》二首："并头交颈镜中窥，相对何须更画眉。此是同心双结子，曾从袖底系人思。""六朝小镜范菱花，堪与摩挲遣有涯。何似大泉图秘戏，横陈一例尽无遮。"

二十四日　曼秋、庸方来习歌。

二十五日　热甚。寄华墅书，汇银四百圆致佐卿。

二十六日　佐卿寄来金货六（五）品：一曰热内亚，面绘女神褒（抱）儿持杖，坐云端，右题纪元一千七百九十六年，下纪货名九十六利耳，背绘石基，上置冠、盾，盾作十字文，左右有狮身鹰首鸟翼奇兽二，以前足擎冠而立，右题国名曰"共和国热内亚"（图 20）。二曰法兰西，

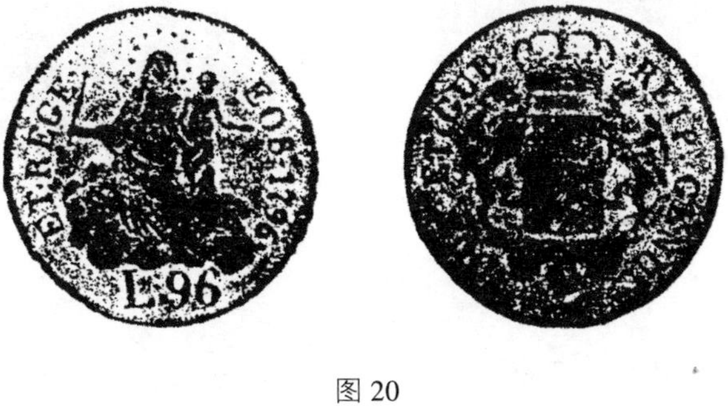

图 20

面范沙尔第十像，左题其名，背绘冠、盾、榄枝，盾左右分纪货名，曰“二十法郎”，下题纪元一千八百二十五年

图 21

（图 21）。三曰丹马，面范克利斯底安第九像，左题其名，下题纪元一千八百七十三年，背绘一女神，拄杖倚盾而坐，盾绘三狮叠立，神左绘鱼一尾，右绘禾一束，上纪货名，曰“十克隆”。四曰中亚美利亚加共和国，面、背皆重轮，面中绘树一，左右分题货名，简文曰“八爱司古度”，背中绘五峰，其上日光四射，日则作人面状，外边下题纪元一千八百三十三年，上题国名（图 22）。五曰厄瓜多，面绘大

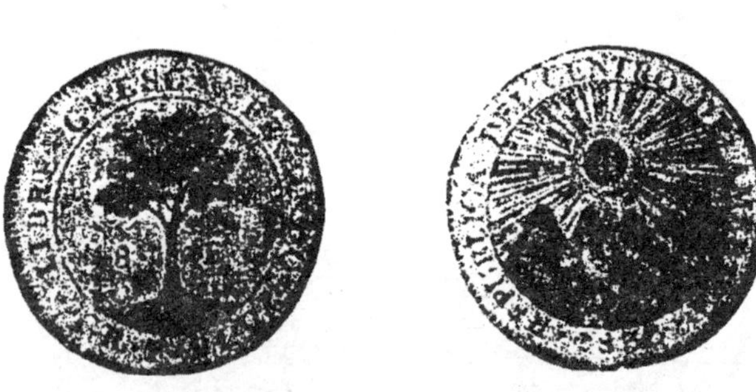

图 22

将军巴利伐像，下题其名，更下题纪元一千八百四十八年，

背绘圆盾，上立鸟一，左右四旗交叉，盾中绘山海舟环诸状，左右分纪货名，曰“八爱司古度”（图 23）。

图 23

二十七日　得今觉书。汇银四百致佐卿。

二十八日　大雨。得芜湖崔尘无书，谓有欧西古银牌二品，欲与予易名伶书画之箑。答书诺之。

二十九日　得曼青书。

七月初一日　闻林白水以文字遭忌被害，哀之曰：“君虽死而犹生，人间历历，剩烈女弱姬奇文名砚；谁能免于今世，天下荒荒，遍疫瘟盗贼饥溺刀兵。”惕敏邮来某欧人所贻《世界古今货币图录》十二册，绝精且富，可珍也。

初二日　既午，大风雨，昼若冥晦。

初三日　得今觉书，即答之。

初四日　彭葆贤见过，十年前之故人也。惕敏自日下来过谭。

初五日　属惕敏代作致荷兰估书，询金货事。

初六日　问槎来谭。得佐卿书，云有金货八品，交新丰轮舟寄来。夕雨，与曼秋度曲。

初七日　孙兼三寄贻邮券五品，曰五圆、二圆、一圆、五角、二角，皆加印，限新省贴用而已经销印者。五圆一品绝罕有已行用者，故可珍也。爰书联帖报之。

初八日　又挽白水曰："多言致祸尤，犯忌杀身，遥悲德祖；有女称贞烈，捐生殉父，继美曹娥。"其女年仅及笄，颇有才名，闻父死，饮鸩图殉，赖救得生。得清四分欠资邮券，其上加印横文"临时中立"四朱文，乃已销印行用者。云南张涛卿寄贻安南银货一品，货形方如墨，四面皆有文字，面曰"嘉隆年造"，背曰"精银壹两"，左曰"直钱贰贯捌佰"，右曰"中□平□"，上端印有星月状及"光（元）"字，下凹文，若"曰"字，重一两又一分（图 24）。作答谢之。

图 24

附汇银三十圆，托购范石生所造金货二品。又赠以银货四品。

初九日　海上寓客秦慎安擅祈雨秘法，住小南门外南仓街四十号。

初十日　佐卿寄来金货七品。一曰智利八爱斯古度，面绘书一册，一手掩其上，上端有日光半轮，右题货名简文，背绘鸟一兽一，持一方盾，上绘星一，下边纪元一千八百三十七年（图 25）。二曰厄瓜多八爱斯古度，面绘女

图 25

神，下边题货名并纪元一千八百四十三年，背绘人面、日光，左右锦带联之，下绘山峰三，左峰上有炮垒，顶立鸟一，中峰仅立一鸟，右峰有烟高举（图 26）。余凡西班牙三品，瓦登堡一品，秘鲁一品，皆常品也。

十一日　致陈复祥书，索观邮券。

十二日　得孝吾书，致今觉书。

十三日　崔君寄到银牌二：一拿翁加冕，一教皇。

图 26

十四日　致大雄书，托梵生携致。

十五日　约曲友曲集。得今觉书。

十六日　三十七岁初度。大雨。

十七日　致今觉书。

十八日　曼秋来谭。挽方缦云大令曰："竟穷愁潦倒而亡，堪为流涕；切故旧天涯之感，忍忆当年。"

十九日　得今觉书。小隐来谭。

二十日　致今觉书。

二十一日　复祥寄来古券一册。

二十二日　佐卿寄来西班牙二司古度金货一品，并义大利金货拓一纸，答书索易。

二十三日　长辛店寄来古邮一册，中有"临时中立"五角一品已销印者，颇佳。

二十四日　瞿生来谒。

二十五日　得今觉书。

二十六日　致朱世杰、陈复祥书，一索券，一议真伪。

二十七日　瞿生介邓曰义来谒。

二十八日　缪子来谭。

二十九日　日下有十七龄女子王淑贞来书求助，答之。

三十日　张威廉来谒。

八月初一日　苏叟自华墅来视其女。

初二日　陈生以两留泉见贻。

初三日　晨送苏叟南归，临桂况夔笙周颐病殁于海上，挽之曰："比梦窗白石，老宿成家，尽低唱浅斟，一代词人千古在；记（溯）沤（昔）尹缶庐，殷勤共话，怆小楼清夜，十年江国几回逢。"得世杰书。

初四日　范伻自京归，以三百圆易得古东罗马金货一品，面范东罗马帝福加司像，左题其名，背绘圣维多利亚像，重二钱一分，顶有环钮。厥货出洛阳城西五十余里香坛洼村唐故河中少尹郝君墓中，同出者瓦豆一，瓦研一，货与残墨数函，同覆研下，当时为刘仲化以二十圆易得。刘估返京，以六十圆粥归杨某，刘、杨又售诸尊古斋黄百川，直百五十圆。黄已将以重金归之倭人。予闻之，亟走伻易归（图27）。

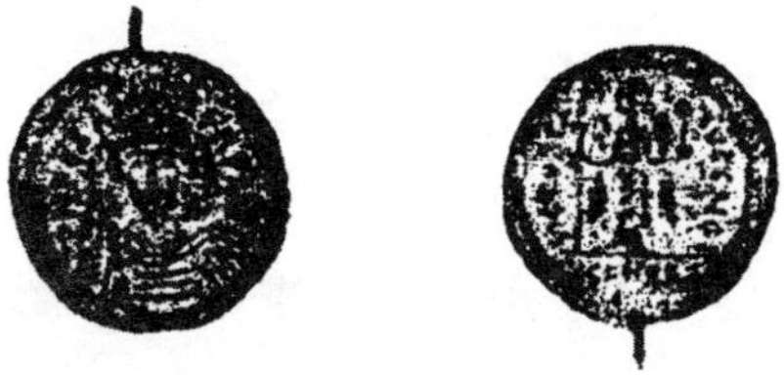

图 27

初五日　得佐卿书，并寄到金货二品：一义大利二十利拉（图 28）；一奥斯地利里四一兜克特。寄大雄书。

图 28

初六日　威廉来谭。挽萧亮飞曰："平生慕武乡武穆，潦倒以终，未能尽瘁鞠躬，精忠报国；经岁走江〈南〉北江南，迢遥不见，只有抚琴永感，闻箧兴哀。"录寄章五。

初七日　复祥寄到邮册，选留台湾古券七品。

初八日　威廉来谭。

初九日　撰稿寄大雄。

初十日　复复祥书。

初十一日　为慧生题"无双"额。得大雄书。

十二日　得芥尘书。六弟来索为何遂题《春晖图》。

十三日　致大雄书。

十四日　曼秋来谭。

十五日　得佐卿书并拓示印度金货五品。

十六日　得荷兰司雪儿蛮公司复书。

十七日　曼秋来。撰稿寄大雄，并台湾古邮三品联一函，端假与刊之《晶报》。

十八日　汇四百圆致荷兰，索易古金货。子褒、君稼、朗西见过。

十九日　致世杰书。汇五十圆致复祥。以银货二品寄涛卿。得第一次日本木版印二圆邮券。

二十日　致复祥书。得木版印蓝色五角邮券直双联一对。为惕敏、彰儿画箑。（二十日恭值先皇考生辰，率儿辈叩祭。）

二十一日　六弟邀饮，座有地山师、李星冶、姚右之。

二十二日　得世杰书并邮券，答之。致今觉书。录惕敏等二十人为弟子。

二十三日　夕诸生宴集市楼。得云南张涛卿书，并金货一品，货重一钱二分，面文曰“拾元金币”，背文一“滇”字，左右嘉禾二茎，云是滇将范石生所造也（图 29）。

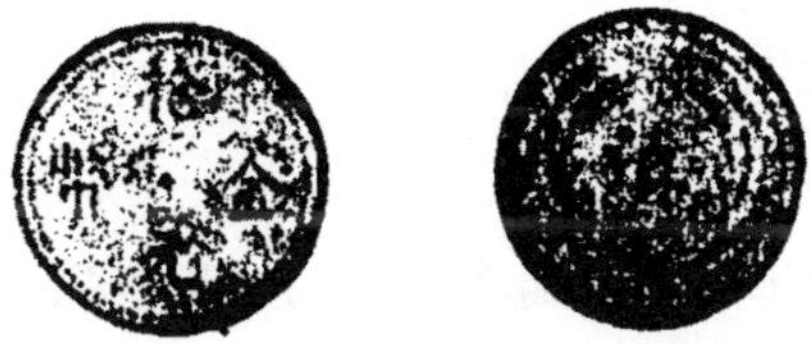

图 29

二十四日　得吉林银货四品：曰三钱，曰五钱，曰七钱，曰一两五钱者。揭曰半两，皆厂平也。子褒、威廉来。致复祥书。

二十五日　得江宁人书，并台湾古邮二品。孝实、调白、曼秋来谭。作《双十节》，寄芥尘。

二十六日　得蒙古邮券全部，自一分至一圆，凡十一品。致得大雄、芥尘书。

二十七日　得复祥书，并邮券一册，有西藏二圆一品，绝佳，直三十圆。

二十八日　得佐卿书，并拓示印度古金五品。

二十九日　答复祥、佐卿书。

三十日　夕约高步扬、李琴堂小酌。得吴莲士、今觉书。致世杰书。

九月初一日　复莲士、今觉、大雄、佐卿及镇泽、狄曾堃诸君书。得海上林孚公司书，并福州暂作一分邮券联原函一品，直二十圆。

初二日　江宁寄来台邮古券二品。汉口路世棻以暂作欠资一分券联原函见贻，予用徐仲可集宋词句书联帖报之。句曰："春已堪怜，更能消几番风雨；树犹如此，最可惜一片江山。"所集者玉田《高阳台》、稼轩《摸鱼儿》、龙川《水龙吟》、白石《八归》也。得日本版蓝色五角券一，以旧得双联寄世杰。与诸生合摄一影于园中。

初三日　得清慈禧后万寿九分双联直券，一正一倒，直十二金。

初四日　得地师诗笺、今觉书。夕大雨。题艳儿赠影，寄大雄、芥尘。

初五日　以商埠邮券寄世杰，又银百圆，寄复祥三十、今觉四十。

初六日　复祥寄示清红印花改五圆旧券一品，直百圆，佳品也，留之。按：此品乃初行邮政制券未成以此暂替者。文曰“大清邮政当五圆”，“五”作“伍”，旧者鲜于新者，颇罕觏也。

初七日　得莲士书并旧函三枚。

初八日　得世杰、赋梅、今觉、大雄书，寄赋梅二十又五圆。

初九日　复复祥书，附致百圆。

初十日　得今觉书，答之。为林屋致语，曰：“林下清（疏）泉清绕屋，山中幽鸟静随人。”

十一日　叔鸾自海上来，过谭。

十二日　得复祥书，并旧函八枚，为朗西书联帖，用地山集句，曰：“更能消几番风雨，收拾起大地山河。”上语稼轩词，下语《惨睹》曲。

十三日　毛安伯寄示《世界邮券》四大册，惜佳品过鲜。得世杰书。

十四日　威廉来谭。

十五日　得日本古钞一，纵四寸许，横寸余，文曰“银钱元治元年甲子改造”。按：元治乃孝明天皇元号，即西元一千八百六十四年也。

十六日　得世杰书。赋梅寄示邮券四品。得蒙古新制印花改作邮券，凡一分、二分、五分、十分、二十分、五十分六品。

十七日　得世杰书并旧函，答之。偕威廉及解估诣德人某家。斥千金易某所藏“临时中立”券二种，都十二品，完美犹新，国邮大宝也。

十八日　得蒙古新制一圆券。熊少豪邀饮。

十九日　世杰寄示邮券多品，选留台湾龙马券红绿各一。得复祥书。答复祥、世杰。夕曼秋来。

二十日　佐卿寄来古金货四品，皆阿拉伯文字，似为印度及小亚细亚诸邦之货也（图 30—33）。

图 30

图 31

图 32

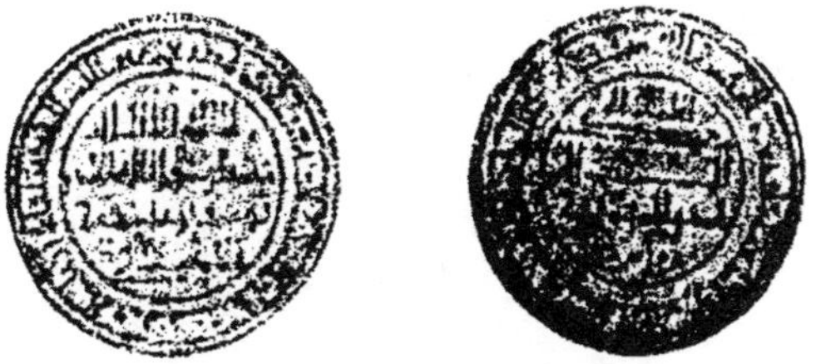

图 33

二十一日　得复祥、丽生书并券册。

二十二日　荷兰寄来金货十七品，选留十四品。古希腊一，面范女神像，背绘一人，举策立车上，前驾二马，作奔行状，下标希腊古文一行，货造于西历纪元前三百五十六至三百三十九年之间（图 34—35）。

图 34

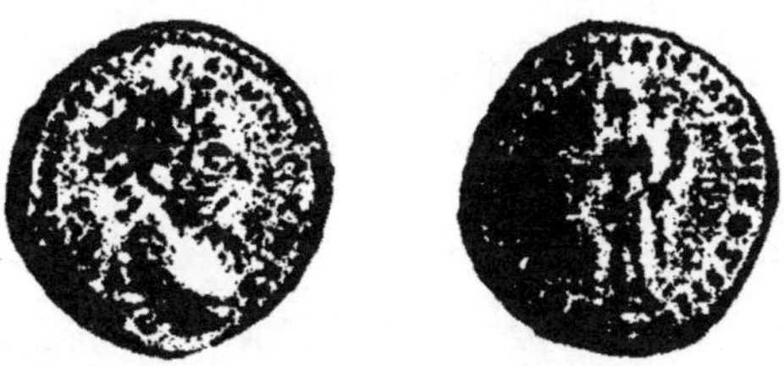

图 35

丁卯日记

正月初一日　晨率儿孙祀祖。寄凤珠曰："江楼共遣萧萧雨，回首前宵已隔年。我自关山向风雪，何堪颦笑记当筵。"

初二日　地山师过谭。致桐渊书。

初三日　撰《尊畔小语》寄芥尘。致愚公师、云岑书。

初四日　谱《五彩结同心》寄凤珠海上，词曰："天涯春远，梦底花迟，归车催破征魂。欢醉都如昨，挥弦管、微语试记停尊。几回携手怜嚬笑，翻愁绝、轻度黄昏。任风雨、江楼百尺，镜鸾且共温存。　　腰围料应柔减，正歌教珠落，舞并香屯。凤袖鸳钗，今宵何处，多少绪叠离痕。禁寒知否人憔悴！黯芳草、咽断王孙。便吹到、杏花开了，马嘶可许当门。"诣岳外舅家拜年。访地山师。师适得扬州家电，谓其弟泽山丈病危，促归。师语时恸哭失声，哀感不辍。予亦为之惨然流涕。玉焕然自济南来。得桐渊书。

初五日　焕然来，托致答桐渊书，夕邀之并偕六良及眉云，十妹，初观，嘏、彰、骝三儿，观影剧于光明社。所演《黑海盗》，乃范朋克最近杰作也。

初六日　曼秋来谭。致今觉书。

初七日　曼秋、芝岩来。代眉云寄家书。邮估、李估携券来。选民国欠资券，欲求伦敦版者，百数十枚竟未一见，可知海上此券全套已视原直增二十倍，为不妄也。

初八日　致今觉书。纪航空邮政寄芥尘。

初九日　效坤生日，值上元节，寿之曰："上元做生日，东海有神仙。"并为裁八尺金笺，书一"寿"字。得今觉书。

初十日　得世杰书，答之，偕六良朝发之济南。眉云送别驿亭，车中撰《卖花声》寄答梅真，即用其均，辞曰："莫更放春残，教梦无端。东风已自满江干。便是相思深几许，可奈天寒。　　底事问悲欢，门外关山。啼尘咽袂去留难。花妒花愁都未了，隔住红阑。"夕到济，信宿金水旅馆。寄眉云书。

十一日　礼门、伯华来访，偕六良邀之卖（买）醉市楼并召金铃同饮。旋过礼门家夜话。

十二日　伯华邀饮，晤董眉叔。眉叔集语属为写联帖，语曰："修八尺有余，饮一石亦醉。"

十三日　得次公、瀟一书，偕六良并邀莲痕饮市楼。召金铃，旋过其居，后复访香君，即之，即十五年沽上旧识林嫒嫒也。夜桐渊返自掖县，邀予入城，下榻其宅，意萱、葛侯先至。

十四日　既莫与意萱诣署，为效公预祝。晤稚芗。

十五日　意萱、燕翼诣过，并邀桐渊赴稚芗约，座有畹华、玉霜、绮霞、连泉、君稼、玉芙、润卿、叔岩、万春、月春诸伶。夕偕玉霜爨《琴挑》。得眉云书，答之。

十六日　夕铸臣邀饮。座上有伎曰香君，十年前故识也，昔名林媛媛，擅歌乱弹，今憔悴萧条，无复当年矣。

十七日　为用之伉俪暨意萱、陛云、焕然书箑联屏幅都数十事。孙燕翼见过。

十八日　重冞来自青岛。夕与桐渊、燕翼随效公北上。

十九日　晨抵沽上，独下车归省。得云岑、佐卿书。

二十日　晨效公南征过津，予因事未从。

二十一日　致意萱电，告以行期。为金铃致语曰："金难买笑，玉更生香，比湖上幽莲，湖边明月。铃便护花，阁应巢凤，望天涯芳草，天末惊鸿。"眉云索瑑联帖。

二十二日　为凤珠写春帖子，辞曰："泉文美富，洗字吉羊，敢祝向东风，愿凤翼双飞，犀灵一点；帖写宜春，楼名燕子，还来就南国，看珠光万丈，月色十分。"午南行，与燕翼偕。夕过德县，同山、铸臣、六良迎候于驿舍。

二十三日　车中口占二首："驿亭挥手念当时，忍涕何堪说别离。征梦天涯吹渐远，沽流不尽系人思。""一雨关山未尽藏，寒郊草木已苍茫。飞车直指江南路，惟有沉吟向八荒。"夕到浦口，风雨中渡江，信宿下关旅舍。晤意萱、桐渊、叔仁。

二十四日　海鸣、桐渊、小楼见过，看竹八围。

二十五日　随效公之沪，中道改赴松江。予与燕翼、小堂自麦根路步行至北站，下榻孙宅。

二十六日　桐渊、叔仁、随节自松来，邀之饮集凤六家。移寓远东旅舍。

二十七日　林屋、世杰、辉堂、东吴、叔鸾、燕翼见过，偕至秀英家小酌。

二十八日　复祥来，以限省新帖用一圆邮券见让，直三百圆，极罕遇之品也。大雄来。

二十九日　云岑见过。树声约饮，座有林屋。

三十日　浦生邀饮，以病谢之。林屋、辉堂来。

二月初一日　致桐渊书。林屋、世杰来谭。

初二日　与圣婉解后于旅舍。明眸皓颜，冰肌玉骨；相逢把手，俨若故人。

初三日　复祥、辉堂来，偕赴中华邮票会。夕圣婉过临。

初四日　雨。宴集素兰室，圣婉所居也。座有今觉、林屋、辉堂、世杰，谱《八声甘州》纪事，辞曰："又潺潺夜雨、湿帘栊，对酒几沉吟。正眼波轻掠，眉痕浅映，已自春深。但是无言把手，相对纵清斟。莫漫伤憔悴，且共登临。　我欲江头留滞，渐沾泥团絮，此意难任。试明珠还与，双泪咽空襟。念天涯酒醒何处，黯今宵、冷落旧征衾。愁孤负、到更残后，梦与谁寻。"偕圣婉过旅舍，夜话。

初五日　云岑、愚公师、芥尘、元美、燕翼相继见过。邀圣婉作竟夕谭。

初六日　雨。邀元美、燕翼、林屋宴集素兰室。归寓，为圣婉书屏四帧，即录《八声甘州》词。

初七日　偕圣婉至中华象（相）馆摄影。夕燕翼召饮碧云家，大醉。归来谱《夜飞鹊》寄眉云，词曰："微风渐沉漏，中酒今宵。车马直泥人归。催寒咽涕管弦切，登楼昨梦依稀。何堪望遥信〈绝〉，愁伊人凝伫，树展云迷。天涯便远，几回肠、泪捡征衣。　　魂断那时轻别，无绪记丁宁，立遍斜晖。多少长亭杨柳，眉痕不绾，钗影成非。游思倦歇，指重弹、归与春期。但将歌临怨，吹花任堕，团絮能飞。"

初八日　雨。余伯陶邀饮寓斋，座有林屋、继先、碧云、小培、富英。又元美邀集翠霞家。予返寓后，偕燕翼同往。夜圣婉过谭，凤珠亦至。凤珠初已绝我，今忽做不速之客，坐对竟夕，殊奇事也。谱《蝶恋花》有寄，曰："啼鸩流莺催未已，人近珠帘，平隔盈盈水。便欲窥时帘不起，飞花飞絮都无计。　　盼到黄昏阑乍倚，烟柳东墙，一抹深深地。尽有相思和梦寄，多情只是添憔悴。"

初九日　小亟。客中裦（抱）病，愁感万端，怀眉云，谱《菩萨蛮》寄之，曰："东风绿遍天涯草，江山依旧征人老。无奈是春寒，锦衾愁更宽。　　相思何处寄，七二重重水。傥许说归期，轻车随絮飞。"圣婉来谭。

初十日　疾差可，犹怅惘不任。林屋、燕翼、继先、大雄、辉堂见过。今觉以上海版清万寿券全部见让，凡九品。厥券未经加盖，而纸有水印者，以十二分、六分为难得，九分二钱、四分次之，直一百八十圆。夜圣婉来。

十一日　春莫倦征，思归遽切。伊人江国，欲别却难。去住无端，遣愁不得。寒宵独对，辄唤奈何，乃谱《忆秦娥》以寄意，词曰："江声切，江流不断催人别。催人别，今宵风雨，几回呜咽。　　者时留恋从谁说，眉痕总被春愁结。春愁结，镫残语细，梦遥天阔。"棣三、林屋见过。棣三召伎柳春，绵蛮友人（也），为言绵蛮近状，因怨愁而病，羸卧经年，怅想旧欢，益增慨恨。

十二日　《祝英台近》示圣婉："认眉痕，春几许，春色尽无语。凄雨中宵，把手惜归去。那时便自胜寒，还愁寒重，更生怕、东风吹妒。　　试凝伫，宛转帘外车声，一往不堪数。袖薄钗凉，肠断（望极）倚阑处。乍逢遮莫轻离，而今情绪，愿长是、花留人住。"复祥来，示我万寿券，覆盖小字四分。林屋、燕翼、元美、继先见过。圣婉临存。

十三日　视树声盟兄疾，至则逝矣。过圣婉，碧云亦至，遂偕往中华馆照影。予与继先合摄《奇双会》《群英会》两剧。子夜与圣婉闲话。

十四日　邀林屋、继先小酌，尊酒联盟，约为兄弟。继先年最长，林屋次之。夕圣婉来谭。

十五日　雨。燕翼邀宴其居，座有林屋、暨琴、雪芳秋芳姊娣。返寓邀圣婉小话。为树声题旌。

十六日　耀亮介佩文见过。林屋、继先来，碧云、圣婉亦偕至。

十七日　谱《水龙吟·寄意》，曰："晓来扶起心情，昨宵幽怨今何有。临风梦杳，望云魂断，几番回首。未到春残，却愁春老，问春知否。但小楼香远，曲阑人在，依旧是、春长久。　　芳约黄昏肯负，正东风、一江成皱。留欢遣醉，抽思作茧，而今时候。记取相逢，惯尽无绪，听鹃啼瘦。又柔飍渐起，银屏乍隔，也应消受。"偕佩文至中华摄影，耀亮、静英同往。夕佩欲留止，作长夜谭，忽为其母呼去，而圣婉至，是欢是怨未分明也。

十八日　芥尘过谭。佩文来，留之夜话。

十九日　辉堂来，邀过布许家观邮券。夕佩文来，慨言身世，相与欷歔。子夜去而复至，乃留枕焉，拥对长话，不觉晓矣。

二十日　晨窗弹雨，欢绪如潮，乃谱《翠楼吟》以纪事。辞曰："月绽修蛾，春融浅鬓，殷勤梦尘吹逗。微风帘外起，看罗帐镫痕轻皱。者时红袖，正掠枕翻香，摇钗弹漏。凭消受，粉零脂腻，一番春透。　　无寐，应记芳时，算珮环初定，笑嚬依旧。夜阑凝伫久，怕人远相思重负，还期携手。便遣怨何曾，拾欢今又。抛红豆，甚些些子，向更残后。"佩文睡起辄返，夕仍至。

二十一日　雨。午佩去，林屋来谭。夕碧云、圣婉先后至，佩亦来，遣者遣，留者留，无如何也。

二十二日　佩去濒行，言今夕有约，不可复来。夜与继先、林屋长话。

二十三日　晨，佩来，言竟夕与其姊闲话，未曾寐也，乃挽之小睡。林屋过谭。

二十四日　外间风鹤屡惊，兵戈盈道，竟日与佩晤对。夕世杰、林屋来。今觉以万寿券加盖小字半分复盖一品见让，直百圆。

二十五日　警备益严，道绝行人。与佩文闭门闲话。

二十六日　辉堂来，为予以三百圆易得中华三分券暂作二分倒盖一品。厥券存世者不逾二十枚，亦奇宝也。《夜坐》一首示佩文："江上东风晚未收，刁萧一雨近层楼。千镫依旧行人寂，百感无端此夜休。只是温柔初罢梦，何如迢递且延眸。相逢为问春归思，漫捡征衣计去留。"林屋来谭。

二十七日　慕陶来，告英军将有搜捡旅舍之举，遂偕佩文暂迁寓董家。夕黄金荣、张小林、杜月生约集张家，座有蒋伯器、徐朗西、德邻、林屋、登阶、幼珊、心芜、子才诸子。

二十八日　辉堂来，以光复共和纪念券两全部贻我。

二十九日　林屋来谭。

三月初一日　偕佩文邀其母兄观剧于大新舞台。林屋、辉堂来。

初二日　山农、大雄、继先来，作《醉李西施记》，记佩文事也。又为致语曰："愿结巧连环，多恨易消，早成眷属；安求宝无价，有情难得，同是天涯（巧宝，佩小字也）。”

初三日　林屋、山农、辉堂来，为寄女琴雪芳、秋芳姊娣题赵次珊师书《洛神赋》卷子。

初四日　偕辉堂访布许，以时莫不遇。

初五日　辉堂来，邀至布访处观邮劵，有佳品甚夥，索直四千圆，署约而返。林屋、芥尘来。

初六日　录弟子钟汉杰、张玉山、李耀明等七人。夕林屋、山农来，留之小酌。

初七日　林屋、辉堂来。

初八日　得眉云廿日前寄书，云曾来三扎（札），咸不至，奇已。偕佩文、耀亮至天蟾舞台观剧，马连良、王芸芳合演《探母》甚佳。林屋来。

初九日　与佩文观剧于天蟾。复眉云书，属铸臣携至青岛付邮。夜大雨。

初十日　大雄来。为雪芳题额，又赠以偶语曰：“流水高山，阳春白雪；瑶林琼树，兰秀菊芳。”又赠秋芳偶语曰：“秋兰为佩，芳草如茵。”

十一日　微雨。芥尘、林屋、辉堂来谭。

十二日　林屋、云岑来谭。耀宗以新行限吉黑贴用邮劵见让。

十三日　答梅真，代眉云见寄闺词四首：“驿亭（临歧）挥涕念当时，不尽春流荡远思。尽是天涯存寤寐，风涛险恶欲归迟。”“天际归帆误几回，相思依旧忍成灰。应知江上多风雨，慢逐春潮打桨来。”“危阑徙倚几沉吟，斗室深寒夜不禁。解后无端空写素，闲情未分袌（抱）裯衾。”“肯忘信誓与欢盟，魂断沽流梦不成。一捻猩红应在臂，相期总不负平生。”林屋来。

十四日　得眉云书，答之。林屋、山农见过。

十五日　巴石为予刻象牙六面叠印，爰集《峄山碑》字，书联勖之，语曰：“制书刻辞，能为金石；长年久乐，道在高明。”

十六日　云岑来，拓示“秦爰”金。秦作，爰作，瘦劲古丽，丐为求易（图 1）。为恒甫书联。大雄介刘襄亭来，乞录为弟子。

图 1

十七日　谱《琐窗寒》，曰：“怨阻东风，愁翻断角，一帘花树。盈盈月上，卷尽满庭香雾。正〈头〉楼头、认到眉（黛）痕，画眉省识银蟾妒。但织欢成锦，缚思将茧，忍量缣素。　　延伫。人何处。黯草锁天涯，云迟海渚。欲遣离踪，却被莺声啼住。便无端、梦幻几重，锦屏玉帐休更误。数鸳鸯、世六都圆，且共教春护。”

十八日　曾焕堂来谒。焕堂，黄楚九婿也。林屋、芥尘、大雄过谭。夜雨。为巴石作《治印例启》。

十九日　《拥衾》一首寄眉云："征鬓感愁侵，幽思到海深。一回肠又断，千里梦同寻。烽火淹归骑，衷怀怆莫砧。连天风雨咽，犹自拥寒衾。"

二十日　芥尘约饮致美斋。座有旧友杨云史，十年不见，须发俱苍矣。林屋、独鹤、瘦鹃、南虎亦在座。予召凤珠、圣婉、碧云、朱弟歌以侑觞。

二十一日　偕佩文、耀亮小游。夕云岑来，以良金四朱一品见让。货银造，竟体黑漆古，面中央范泉状，篆文曰"良金四朱"，或释曰"白金四朱"。地与背咸范云文，绝工丽茂密。面背周郭。昔潍县陈氏藏有二品，一四朱，一二一朱，皆铜质，见《古泉汇》及《窸斋集古录》，今归药雨，曾以见示，夸为绝品。然铜者它人尚有藏之者，若银者，则海内仅有此耳（图2）。

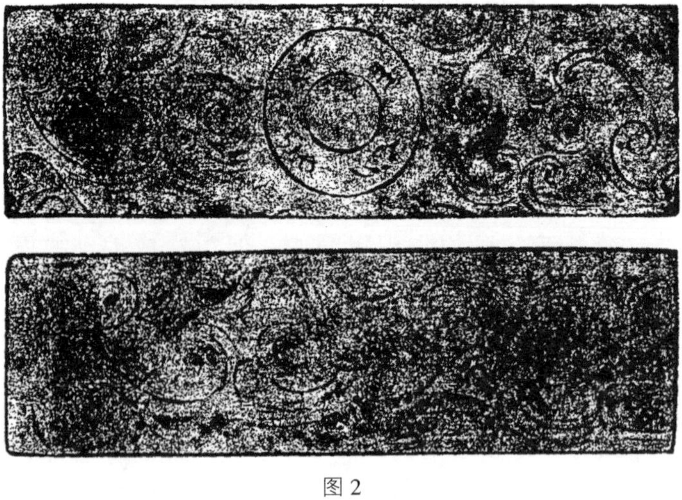

图2

二十二日　小亟，卧竟日。得眉云书，答之。致于锦琪兄。

二十三日　夕楚九邀集九芷小筑，座有林屋、山农、恒甫、芥尘、虞洽卿。洽卿索书联帖，撰句贻之曰："江山满襟袖，风雨下楼台。"

二十四日　偕恒甫夫妇暨佩文观《梅花落》。

二十五日　集《散氏盘》字，为恒甫书联帖，文曰："贞心卑大道，丰德表新辞。"辉堂、耀宗、林屋来。

二十六日　林屋携其义子马叔良来。得清万寿上海版一分券，已用过，上钤上海椭圆邮印。予原藏六分旧券一品，或云凡上海版券无用过者，盖专供加盖而制，予早心非之，今此说不攻自破矣。

二十七日　林屋、山农来。予所集拓世界金货，因增入数十品，改装三册。装成，补题中册册首。又手拓良金四朱银货于下册附页，以备参考。夕棣三、望渠、斐叔偕过。

二十八日　雪芳邀集寓室，偕佩文往。座有林屋、山农、恒甫伉俪。

二十九日　林屋携粉绿双牡丹来过。

四月初一日　录曾焕堂、黄显宗为弟子。

初二日　佩文母兄自嘉兴来，为备寓室于东亚。夕焕堂、显宗来。

初三日　偕佩文移寓东亚，晤其母及兄。兄字佩钦。夕林屋、辉堂来。

初四日　林屋、恒甫过谭。

初五日　董、张二夫人来访，佩文邀之夕餐。得眉云寄造像。

初六日　立夏。林屋、显宗、焕堂来。

初七日　大雄、林屋来。

初八日　夕林屋邀饮市楼，以小亟却谢。

初九日　芥尘、林屋、山农见过，邀予偕至女伶汪笑峰家，赴楚九之宴。

初十日　用林屋集佛经、庄子语“芥子须弥，尘埃野马”，为芥尘书八尺联帖。寓楼遇学农，邀与小话。

十一日　瘦鹃、芥尘、林屋、云史、学农先后过临。代树声嗣子葵撰告哀文。

十二日　雨。林屋来。

十三日　芥尘来。得眉云书。

十四日　戈鸿钧来谒。偕佩文诣集云轩参叩。夕林屋、山农、耀宗、辉堂来。

十五日　学农介何杰才来谒。

十六日　复祥为予易得清万寿上海版二钱四分加盖大字暂作三角短距离券一枚，直一百五十圆。

十七日　瘦鹃来。

十八日　子珊来，乞书联帖。

十九日　偕佩文并邀张、董二夫人观电影。山农来。

二十日　偕佩文及其母兄至夏令院观《战地之神》。

二十一日　为佩文及其父母两兄画梅花便面，又为巨来画松梅便面。

二十二日　得梅真、眉云书。

二十三日　辉堂、耀宗、林屋来。

二十四日　偕佩文、佩钦、辉堂、耀明、耀亮诣坛参叩，并介皈依。晤伊峻斋丈。

二十五日　林屋、辉堂、耀宗来。

二十六日　偕佩文卜居霞飞路二百七十号。诸弟子集宴，召歌者王美玉姊妹歌以侑觞。耀宗为予求得限新省贴用新版已销印者，自半分至二十圆全部，直七十圆。

二十七日　楚佩珩、惕敏、子珊、恒甫来。

二十八日　樊廑丞见过。录杰才、复祥、朱泽民及潘、陈二生为弟子。

二十九日　宴集大堤春，至者百三十人。

三十日　袁砚公持行严、次公书来谒。林屋、辉堂、耀宗过谭。得万寿倭版大学八分短〔距〕离券。

五月初一日　邀华庭、炳元、琴堂、剑华、春利、省三、炳文小集寓庐。林屋携寄女王玉英后至。

初二日　德邻、山农来。瘦鹃、芥尘邀往百合公司观《美人计》影剧。

初三日　林屋来谭。《上海画报》出版二周，作四言祝之。

初四日　得眉云书。夕鸿翔来，贻锦镫二。

初五日　寓庐小酌，林屋、辉堂见过。

初六日　慕邢来，偕往中华邮会，市得万寿日本版加盖大字长距离九分改一角券，直五十九圆，又短距离一分改一分券，直二十九圆，皆罕贵之品。

初七日　夕杨耐梅邀饮市楼，林屋来，集《散氏盘》字，为于叟书联帖，句曰："湖柳散城表，田原有至人。"又撰句书贻张心抚曰："可以赋诗饮酒，何如踏雪寻梅。"盖讽之也。

初八日　得眉云书。山农、大雄见过。夕辉堂携示临时中立中华民国二分邮券一品、联一残函，乃元年三月二十日自汉口寄往上海者，其文字与它品无殊，惟"华""民"二字相离较狭，人遂疑为伪，或恐别有此版式，若万寿券大字加盖之有长短距离，然不得遽目为赝也。且邮印真确无疑，非作伪者所能办。厥品海内仅存二枚，一归今觉，一即此也。

初九日　芥尘、山农来。

初十日　偕佩文观《江湖情侠》影剧。写《秋风辞》。

十一日　辉堂、子珊来。

十二日　耀宗、辉堂来。辉堂为予易得清红印花三分暂作二分邮券倒盖一品。其上钤卦形邮印，直七十圆。朱琴心、王蕙芳自北京来，见过。

十三日　林屋、恒甫来。

十四日　雨中偕辉堂访布许，商邮集事。予先返，辉堂、布许携邮册继至，遂以册归予，直四千金，珍券累累。最罕贵者有汉口南京"临时中立"用过者，全八

(七）枚，福州“中立”欠资全六枚，二圆宫门倒印，四分作三分倒盖，海关加盖四分，及一角棕色两倒盖，伦敦加盖四分倒盖等品，成（咸）久已名著，或未见谱录，皆希世品也。夕宴集琴心、蕙芳、智农、如庭、仲仁、林屋、恒甫、辉堂、耀宗、佩钦于寓庐。

（邮集珍品目：

海关小龙券五色（分），褐棕色（新）。万寿上海版（全新，无水印，直双联，中无齿）。万寿小字加盖三分作半分，缺“2”字（旧）。又十二分作一角（新）。又大字长距离四分作四分（新，横双联，无齿）。又廿四分作三角（新，“30”移上）。又日本版十二分作一角（旧）。又短距离半（三）分作半分倒（新）印。又日本版一分作一分，十二分作一角（新）。又五分作五分，廿四分作三角（旧）。红印花作四分小字（新）。第一次日本版二圆（旧）。福州二分裁半作一分（倒）。汉口“临时中立”一角六分、五角（旧）。南京“临时中立”二、五圆（旧）。海关加盖四分一角倒（新）。伦敦加盖四分倒（旧）。二圆宫门倒印（新）。四分作三分倒印（新）。福州中立欠资自半分至三角（旧）。西藏加盖一角六分作三安那S字大且倒印（新）。清快信一角券全四联（新）。）

十五日　辉堂为予以一百九十圆易得珍邮二品：一海

关邮政第一次阔边五分新券，一红印花加盖当伍圆新券。

十六日　午后大雷雨。山农来谭。偕佩文诣坛叩祝南屏师出尘吉辰。

十七日　得万寿日本版二十四分作三角、西文数目上移变体一品，直百圆。林屋、大雄来。

十八日　辉堂、林屋来，以清第二次有水印邮券自半分至五圆与复祥，易得庚子乱后英吉利人以清半分加盖绿色英字作五分券一，上有山海关邮印。

十九日　录朱柱石为弟子。寄眉云书。

二十日　医士丁济万邀饮于其宅，座有西神、芥尘、瘦鹃诸子。

二十一日　雨。焕堂邀餐于安乐园，偕佩文往。召粤伎琴歌侑觞，有丽屏者，艳色也。

二十二日　大雨。

二十三日　为树声点主，诣坛参叩，兼视林屋疾。

二十四日　泽民来，贻珍券一品，乃附收振捐六分作五分券之复盖者，从未经见之奇宝也。

二十五日　林屋、辉堂、复祥来谭。

二十六日　叔鸾来。复祥贻古邮函一函，背贴海关大龙文券五，计厚纸一分三枚，毛齿，三分三二枚。函面贴法兰西券二十五生丁一枚，西元一千八百九（八）十六年自天津寄往德意志者，珍品也。

二十七日　地山师自扬来，过谭。古愚、芥尘来。

二十八日　地师来，偕赴芥尘之约。座有林屋、春帆。

二十九日　黎明晖邀饮。

六月初一日　王汉伦来，同习《琴挑》《表白》。地师、古老过谭。夕明晖来。录赵士廉为弟子。得清大龙形阔缘三分券二枚。

初二日　地师、林屋来。

初三日　大雨。地师来。

初四日　中华歌舞会邀与汉伦爨《琴挑》。

初五日　地师来，遂偕佩文邀师同之百星戏院，与汉伦爨《惊梦》。

初六日　新都市长刘纪文遣宋居仁持书来，乞予为邀歌舞者参与新都市政府游艺会。

初七日　得眉云书。愚公、仲仁来。夕雨。

初八日　翁国勋介钟震之来谒。雨竟日。夕地师、林屋、振宇、慕邢来。

初九日　地师来。夕雨。

初十日　林屋来。

十一日　与姚元爽合爨《惊变》于新舞台。小雨。

十二日　地师来。

十三日　江小鹣见过。夜，白虹贯天。

十四日　热甚，小亟。

十五日　得眉云书。林屋来。

十六日　琴心病起，过谭。

十七日　啖岭南荔支百颗，俗谓"糯米糍"者，佳种也。偕佩文谒其父于旅舍，复同诣坛参叩。

十八日　又得桂味荔支啖之，颗小于“糯米糍”，肉坚皮厚，刺凸味甘，微澹而芳逸，尤上品也。

十九日　地师过谭。林屋携伶人谭红梅来谒。

二十日　林屋携其寄女汪碧云见过。

二十一日　地师来。为佩文书屏四帧，摹古彝器文字。

二十二日　热甚，几达百度。

二十三日　祖良为予以一百一十圆易得万寿券加盖小字二分复盖一品，绝精美。地山师来。

二十三日　林屋、叔鸾偕过。为眉云画《松梅聚头》，属铁芝刻之。

二十五日　地师来，为佩文制聚头，一画山水，一写小词，付铁芝手刻。

二十六日　小亟。撰《宾退随笔》。

二十七日　得眉云书。

二十八日　旧得万寿券日本版大字加盖二十四分改三角二枚，其中一枚西字三十向右移一米厘之四分三，此一变体从未经发见，足以补《华邮图鉴》之阙矣。

二十九日　服林屋方，一药而瘳。

三十日　热，汗流不辍。

七月初一日　夕邀林屋吃饺子。

初二日　世杰、元爽、地山师来谭。

初三日　得万寿券上海版加盖大字二钱四分作三角、西文三十二字向右移变体一品，与予所藏日本版一品正同，惟前乃新券，此已用过者耳。

初四日　地师、芥尘、光宇、慕琴来。遣老范北上。

初五日　午大雷雨，乃微凉。

初六日　地师来，示新得宋咸平元宝阔轮折二白铜泉，精品也。

初七日　地山师来。大雷雨。

初八日　晨雷雨。谢陛云来。夕新凉，已秋矣。

初九日　林屋来，坐雨清话。

初十日　地山师、愚公师来谭。愚公约饮市楼，偕佩文往，值林屋亦宴客，见召。

十一日　雨。世杰来。

十二日　《金缕曲》挽方泽山丈兼述旧游，唁地师曰："把手江天曙，忆当时，金焦纵赏，倚花停尘。星火瓜州〈才〉才过了，还趁平山烟雨。供酬唱，一舟容与。十载前游弹指耳，忍回头，邻篴成凄楚。长已矣，一抔土。

君家兄弟今龙虎。但何堪，元方老去，脊令悲赋。我昔曾依春风坐，况又姻联儿女，怆几度，相逢酸语。捡到遗书惟痛哭，看婆娑老泪挥如许。知己者，不堪数。"又致挽语曰："悴以忧伤，抱绝世文章，公真呕血；竺于敬顺，看慈兄恸哭，我更悲心。"

十三日　地山、愚公两师来谭。

十四日　午大雨。瘦鹃来，遂偕往王芸芳家，践芸芳召饮之约。座有林屋。酌散，访地师，复偕过寓斋长话。

十五日　地师来话别，即夕北上。

十六日　三十八岁初度，群弟子来集，燕觞于斋中。

夕愚师、山农、公鲁过谭。

十七日　张宜斋来。

十八日　缶丈索书联帖，为撰语曰："趣诣八家，于三绝而外，更能金石；寿逾百岁，乐一堂之下，几代儿孙。"

十九日　佩文忽病，腹疼绝剧，延林屋诊治，日进药三服，夕乃稍瘥。

二十日　大热。佩文健复。

二十一日　晨雨。夕林屋来。

二十二日　得儿辈书，报平安也。

二十三日　林屋、恒甫来。

二十四日　鸿翔持愚师为画山水箑乞题，口占一首曰："而今又见倪高士，怪石疏林寄慨深。一棹秋风尘不到，独来何地足登临。"

二十五日　林屋来。

二十六日　老范自沽上来，得眉云书并衣物。又荷兰来书，附金货拓十七品。

二十七日　阴雨。梦中得"春风明月"句，足成一首曰："微梦几天涯，江头忍驻车。春风万杨柳，明月一梅花。魂断前宵语，心安到处家。尘埃吹不竭，帘外咽悲笳。"

二十八日　佩文归宁父母，怆然而别。夕诣坛参叩。归道访林屋，并邀佩钦餐于安乐宫。

二十九日　电汇七百福禄令至荷兰，购金货七品。夕邀林屋、宜斋宴集寓斋。

八月初一日　热甚。寄佩文《促归》诗曰："一楼坐对亦寻常，偶隔云天欲断肠。短梦不成憎促织，明湖好记并鸳鸯。最团圆夜应休负，怆别离时忍便忘。寄语西风归及早，黄花满地正新凉。"

初二日　忆萱自山东归，过谭，并邀过其寓斋。夕餐，雨后始返。

初三日　邀忆萱、林屋便餐。

初四日　热稍减。林屋来。

初五日　芥尘、茂亭、子英来，丐书联帖。

初六日　热复甚。瘦鹃来。

初八（七）日　谱《南浦》一首："凄凉晓院，正初醒、弹泪送征人。还与殷勤无计，飞梦展车尘。不绾柳丝云絮，尽西风，一往系眉颦。但鼓笳声切。乍离情绪，无奈是黄昏。　　渐晚掩欢欲堕，甚江流、吹叠黯销魂。望断烟横天极，缄泪寄思频。堪忆那时轻别，料襟头、亦自捡啼痕。到最团圆夜，画楼休负语重温。"芥尘来。

初八日　晨雨，转凉。

初九日　得电讯，怆悉次珊师病殁日下，寿八十又四岁，作记哀之。大雄来。

初十日　寒若深秋。夕病齿。

十一日　意萱、筱堂过谭。庄少元来，邀同至一奥大利妇人寓中夕餐。妇所制牛脯绝美。得佩书。

十二日　芥尘、林屋来。

十三日　佩文自嘉兴归，其父竹叟送来。寄荷兰书。

十四日　方孝吾自沽上来。芥尘、林屋过谭。

十五日　中秋令节，鸿翔载酒来，邀竹叟、恒甫伉俪、佩钦、佩文共赏嘉夕（《八声甘州·中秋书事》）。

十六日　鸿翔偕黄四邀予及佩文夕餐市楼。

十七日　作古歌四首："秋风泠泠，促织其鸣。颠倒中夜，欲寐不成。我思伊人，以顾以倾（惊）。云深不见，涕泗如倾。""秋风萧萧，草虫喓喓。我劳中夜，所思迢迢。伊人天末，以顾以遥。江流不绝，涕泗如潮。""秋风其凉，九回我肠。无濯我衣，无浣我裳。我其行只，道阻且长。我其止矣，永夕彷徨。""秋风何凄，我心何依。谁织我裳，谁补我衣。雁有寒羽，爰振而飞。我有车马，云胡不归。"

十八日　寄眉云书，托鸿翔携往《夜坐》一首："嚣嚣成独坐，渐觉漏钟长。转烛心无住，开轩梦〈亦〉欲凉。秋高三径掩，树老一楼藏。门外尘如水，闲吟且自狂。"

十九日　延浦生应仙以其自制丹药，为予戒绝莺粟膏之嗜，即自今日始，永与之绝。

二十日　痼疾既除，身躯遽爽。早起，偕佩文访芥尘。

二十一日　雨，寒，微不适。林屋来，劝予仍进莺胶。予略进，呛逆不可入，亟弃去，誓决不再进。

二十二日　仍服浦生药，疾良已，衷怀快甚，知从兹烟癖断矣。芥尘来。

二十三日　山农来，出示缶丈为予所作牙箑，一股写诗，一股画梅，以八十又四之高年，犹作此极工整之小品，可钦尤可感也。丐山农倩陈澹如刻之。芥尘邀午餐。偕佩文至光艺照影，复往大舞台观剧。为山农画山水便面。

二十四日　夕邀芥尘、瘦鹃、佩钦偕佩文就食于奥妇家。

二十五日　偕佩文诣坛参叩。

二十六日　偕佩文访恒甫伉俪，有徐妇及其女先在，邀博戏。

二十七日　凤美来访佩文，遂同至云裳为佩文制大衣，诣坛丁祀。予任典礼职。

廿八日　得眉云书。予自除痼疾，饮食渐加，起居有序，十四年之束缚，自此解矣。

二十九日　意萱、宋叟来。

三十日　中华邮票会集于银行俱乐部，予往，晤今觉、世杰、辉堂、澧波、复祥，拍得上海海关加盖中华民国五圆券已用过者，上钤北京邮印，极完洁，直十七圆。

九月初一日　偕佩文诣坛参叩，与同玄请光，自今日始斋戒九日。

初二日　恒甫伉俪邀予与佩文素餐于大世界。访刘云谷，延其观相，谓入冬佳。应仙为占六壬课，亦云然。

初三日　偕佩文诣坛参叩。意萱来，邀访韩紫石，观邓孝先藏书，有宋刊《大学》《桯史》《医说》尚佳，元刊以《松雪集》为精。

初四日　荷兰寄来金货七品。一波斯十托曼，面范王面，背周绘花边，中央标突厥文字（图3)。二波兰一道

图3

克特，面范波兰司特夫像，背绘二狮持盾，盾中绘王冠及十字章二，左边纪年西元千五百八十五年（图4)。三米兰一斗波，面范米兰王非利波二世像，下边纪元一千五百

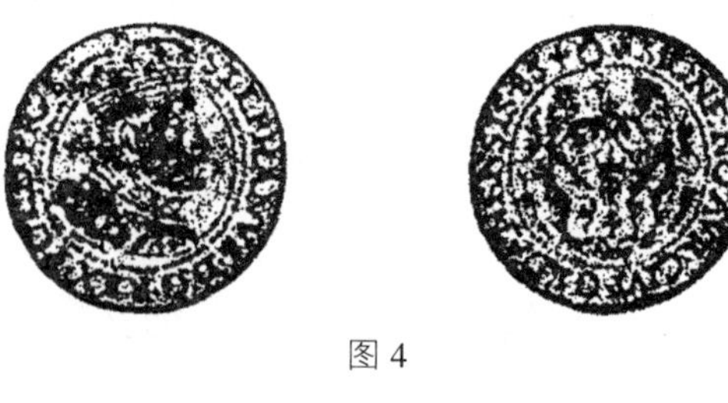

图4

八十九年，背绘冠盾，盾中绘鹰二、蛇二，右题国名（图5)。四爱尔巴尼亚一百佛郎，面绘国主爱母悌像，周标其

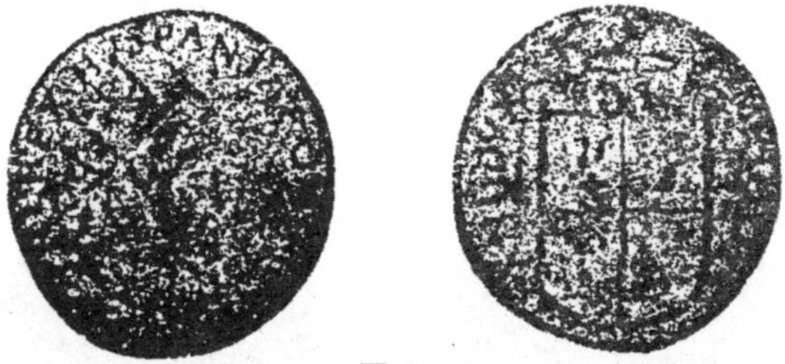

图 5

名，背绘一车二马，一人举策立其后，下边标国名、货名并纪元一千九百二十六年（图 6）。五巴丁一道克特，面

图 6

绘国主里波利地像，周标其名并国名，背绘冠、盾，下有橄榄枝二环褒（抱）之，盾中绘带一斜绕，左题货名，下边纪元一千八百三十九年（图 7）。六阿比西尼亚十佛郎，

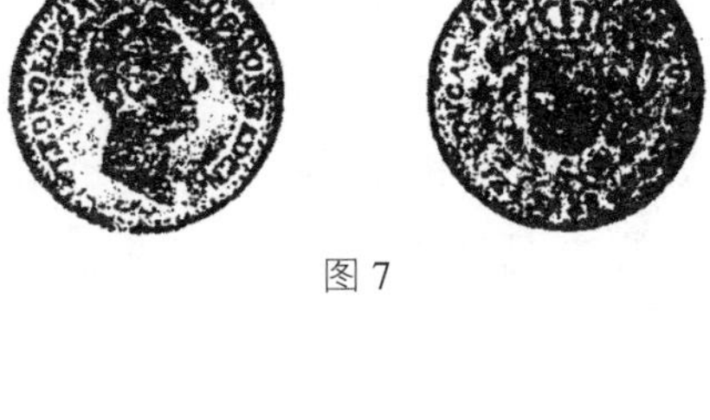

图 7

面绘王面，下有花枝二承之，背绘一狮，首戴王冠，持旗而立，面背咸标彼国文字（图 8）。七同上五佛郎，面、

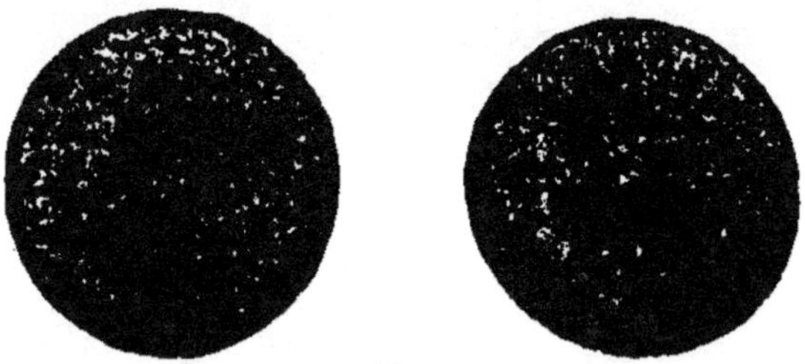

图 8

背范同上品。按：米兰乃义大利联邦之一；爱尔巴尼亚，巴尔干一小邦也；巴丁乃德〈志〉意志联邦之一；阿比西尼亚，亚非利加洲一小邦也。夕偕佩文观剧于天蟾。

初五日　林屋、少元来。

初六日　晨李孟鲁来。午后四时，为孔茂如子昭永证昏。夕大雄、叔鸾来。

初七日　芥尘来。

初八日　偕佩文偕诣坛参叩。

初九日　大雨，至夜不辍。铁芝为予刻地山师所题大泉五十金泉、风〈月〉花雪月大秘戏泉两品椟盖。

初十日　阴雨。俞逸芬来谒，佳士也。

十一日　得清金货一品，面范龙文，周标回文四。背重轮，中央文曰“饷金二钱”。按：清代饷金乃左宗棠征回时所造，与饷银银鉼并行，仅一钱、二钱两品，曾于前岁得一钱一品于日下，今又获此，可云合璧矣（图 9）。

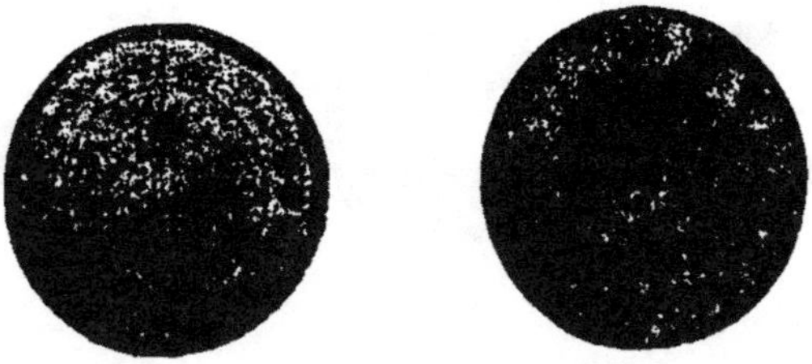

图 9

十二日　得梅真书，惊悉九庶母仙逝京邸，痛哀不胜。弟妹皆在髫年，抚育谁劳，为可虑也。恒甫见过，偕之入城一游。热甚，若盛夏。

十三日　访意萱，见北宋刊南宋补《文选》李善并五臣注，六十卷，每半页十行，行十四五六字不等，注双行，行二十六七字，白口，鱼尾，下标刻工姓名或“某某重刊”。黄麻纸印，完好如新。又宋麻沙本《纂图互注荀子》，宋印。为毛子晋、汪阆源故物，亦佳。

十四日　宋叟召饮。舍予、吕弓来。

十五日　召九九道人卜，云佩文有孕，且男也。纪以验之。夜大风雨。大雄、逸芬来。

十六日　奇寒。天时之舛异若是，人何堪之。得沽上眉云书。

十七日　晨起狂呕，日八次。困惫罔觉。延陶少庵诊视，日夜三至。复介王百川推按，中夜呕止。

十八日　晨少瘥。延少庵、百川诊治。佐卿贻金货二品，皆印度古金也（图 10）。

图 10

十九日　少庵、百川来视，云已十愈其九，惟须静养耳。大雄来。

二十日　病起，观蠡、逸芬来。陆女士之麟持古泉来求售，无佳品。

二十一日　逸芬、恒甫、茂如来，邀同至温泉沐浴。夕王生邀饮。

二十二日　得彰儿书，答之，并复梅真、眉云。

二十三日　得清光绪（宣统）己酉十二月库伦寄北京邮函，考知蒙古设立邮政即是月初四日，此函即第一次寄挂第三十二号，邮印文曰："蒙古库伦己酉腊月初四。"

二十四日　宋叟、炳章来别。逸芬、孟华来，邀予及佩文饮市楼。座有观蠡，并召红情、芬卿、明妃、醉红侑焉。

二十五日　恒甫伉俪邀宴其家，偕佩文往。夕孟华饮集红情室，座有许窥豹、大雄、逸芬。遇小兰、四娘，欷歔不胜。

二十六日　铁芝贻张楫如精刻竹箑拓本二品。一昉（仿）禊帖，尤妙（图 11—12）。撰《栩栩蘧蘧篇》。

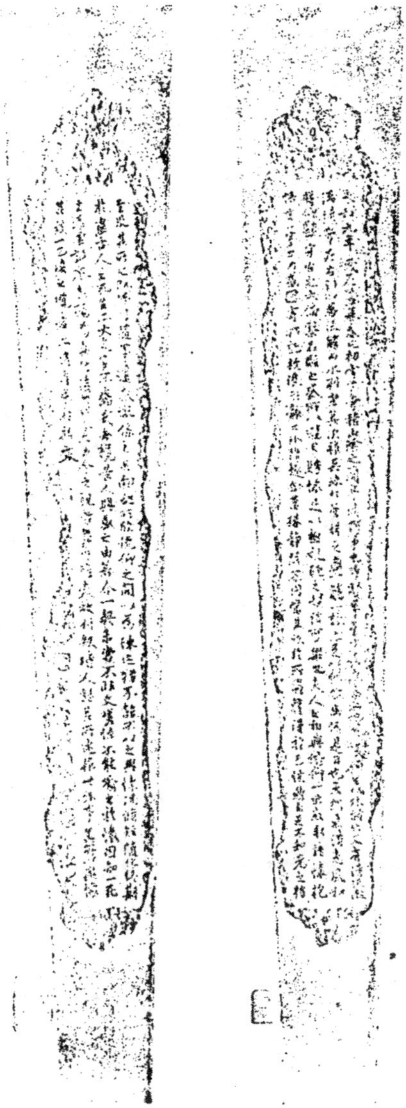

图 11

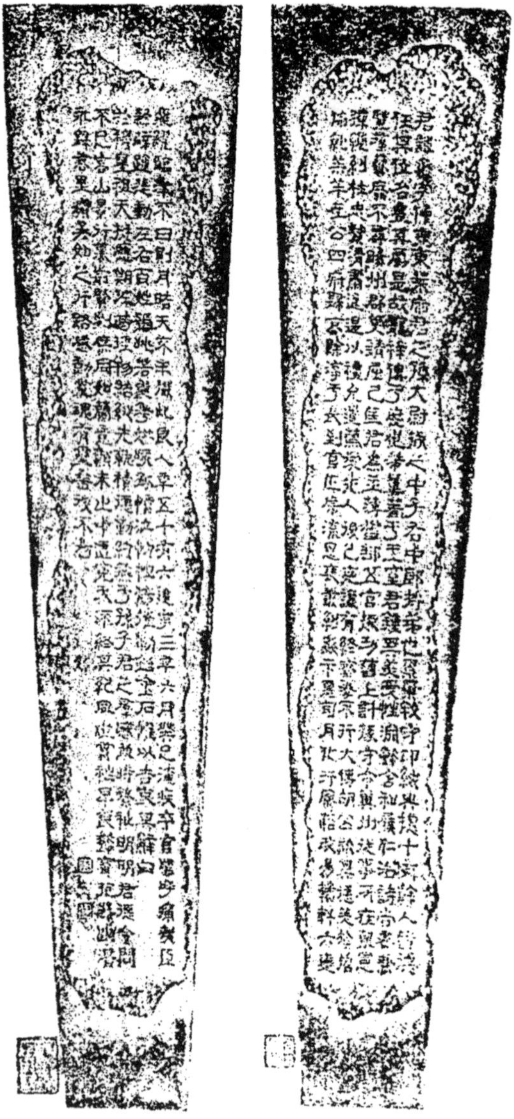

图 12

二十七日　约宋叟饮市楼。窥豹、逸芬来。

二十八日　入城贺陈翁寿，邀张、董二夫人观剧于天蟾舞台，偕佩文往。

二十九日　鸿翔自津返，得桐渊、江东、梅真书。

十月初一日　晨访林屋。夕林屋见过。

初二日　晨偕诸弟子走贺刘登阶盟兄为侄授室。夕吴莲洲召饮。又林屋偕其义女张瑶卿姊娣邀予及佩文餐于市楼。

初三日　诣欧妇家，倩推拿。

初四日　访林屋。大雄、逸芬来，偕往访凌风、丹斧。山农夕至，携陈澹如刻昌硕丈书画牙箑见畀，精好无伦，希世珍也（图 13）。

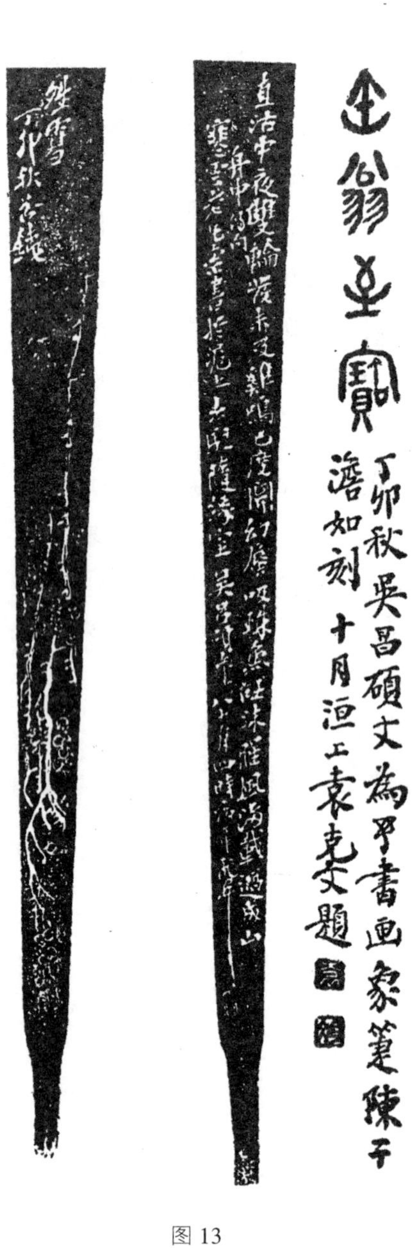

图 13

初五日　晨丹斧见过。访山农，邀同诣缶庐昌丈，为书画像自赞“薄莫餐花”。夕鸿翔、耀亮（明）各邀其家小集（图 14）。

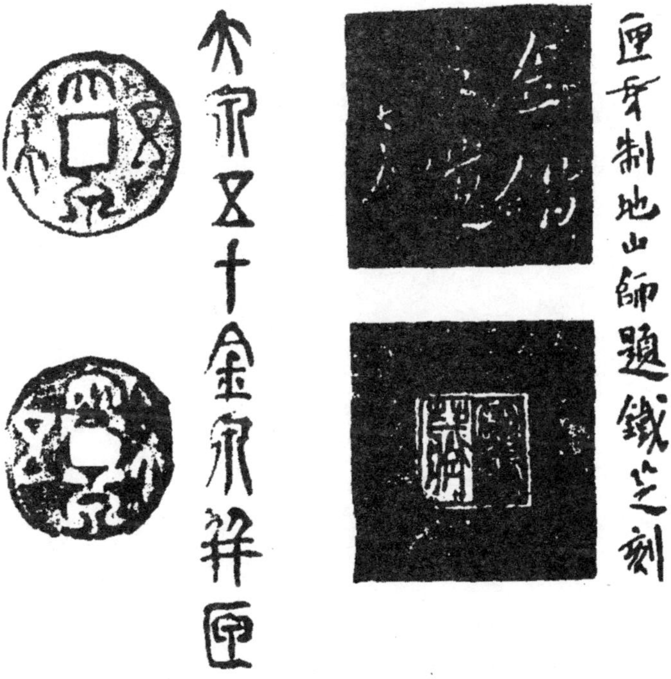

图 14

跋 语

古人以日记传者，如元郭右（佑）之《客杭日记》，明李竹懒《味水轩日记》，至今考元明掌故者，犹据二书为考订之资。寒云为项城次子，幼颖悟，受业于方地山，诗文、古泉学得其师之传，一时名流，皆与之游。书法、辞章、考证、金石，卓然可传。生平著作，不自爱惜，存者仅《泉简》一卷。此外日记七册，虽征歌载酒之余，日记未尝少间。予得其丙寅、丁卯两年日记，多考订吉金、碑版、泉币，所得外国古币奇品尤富，均附墨拓本于后，约数十种。书体秀劲，措词雅饬。其述时事者，只忆小桃红词感洪宪之旧事，吊林白水词哀复辟之丧乱，二条而已。其甲子、己（乙）丑年两册，又为沈阳张氏携去，不知今尚存否。幸丙、丁二册尚在，可考见其梗概。予与寒云无一面缘，然读其“中天高处多风雨，莫到琼楼最上层”句，未尝不惜其才而悲其遇。使项城帝制不为，寒云以贵公子尽其所学，必可名世。乃天不假年，复潦倒侘傺而没，所留遗者仅日记二册。文人蹇运，良可悲叹！予恐其二册日久散佚，因付影印以传。后之览者，当与郭氏、李氏之日记，同为艺林珍贵也。

丙子年春二月嘉兴刘秉义跋。

附录："皇二子"袁寒云的一生

陶拙庵

谈到袁寒云（克文），一般人似乎对他还不十分陌生。他是洪宪皇帝袁世凯的儿子。世凯多妻妾之奉，生子凡十六人，都以"克"字为名。最长者克定。克文行二，他的生母氏金，为韩国贵族。世凯使韩，韩王选贵族女四人赠世凯，他的生母，即其中之一，从世凯三十余年，生克文、克良，女叔祯、环祯、琮祯。原来世凯之女，都以"祯"字为名。世凯洪宪失败死，生母金氏，未逾年亦卒于天津寓所，年四十九岁。遗产请徐世昌分派，每份八万元，克文得双份，因世凯沈氏妾无后，以克文为嗣子，亦得一份。

克文昔年曾有自述一文，足为证考，如云："维岁庚寅（前清光绪十六年），克文生于朝鲜汉城。降之日，先公假寐，梦朝鲜王以金链锁引巨豹来赠，先公受之，系豹堂下，食以果饵。豹忽断链，直窜入内室。先公惊呼而觉，适生文。先生母亦梦一巨兽，状亦豹也，先公遂锡名曰文，命字曰豹焉。文年五岁，遭甲午之战，侍先祖母暨家慈母先生母，自朝鲜返国。先公继归。旋奉诏训旅，次军小站，文从焉。六岁识字，七岁读经史，十岁习文章，十有五学诗赋，十有八以荫生授法部员外郎。岁戊申，清德宗及孝钦后先后崩，逊帝继立，载沣摄政。先公以足疾罢官，文亦弃官从归。侍居洹上，日随先公营田园，起亭榭，疏池沼，植卉木，饮酒赋诗，极天伦之乐事。辛亥武汉变作，先公再起督师，命文守洹上，处四方危乱之中，得苟安焉。先公班师，亦奉眷属北上。国难方定，而家祸兴。文不获已，走海上。未几，先公觉为宵人间谗，亟遣使召文归。文感于先公之慈明，不欲复以不谨累先公忧，遂放情山水，不复问家国事。乃北望居庸，登翠微；东游泰岱，观日出；南浮海，挹吴越之胜；溯扬子江而揽金焦；中历嵩高，窥龙门、仰太昊陵、陟百门陂；复东渡汶水，拜孔林、瞻历朝衣冠文物。虽天下未临其半，而名山大川，已足荡胸兴感矣。乙卯，任清史馆纂修，与修清史。杨度等忽倡革政之谋，十一月，尊先公为皇帝，改元洪宪。忽有疑文谋建储者，忌欲中伤。文惧，称疾不出。先公累召，不敢辞，遂陈于先公，乞如清册皇子例，授为皇二子，以释疑者之猜虑，庶文得日侍左右，而无忧顾焉。先公允之，文乃承命，撰宫官制，订礼仪，修冠服，疑者见文钤皇二子印，笑曰：‘无大志也，焉用忌？’丙辰，先公殂。昔先公居洹时，曾自选窀穸地，在太行山中，邃而高旷，永安之所也。及先公殂，群议葬事，文以太行山地请，大兄独不可，欲葬洹上村左，以其地迩，便祭扫也。文力争不获，彼且迫扼，使不可安处，遂遁走天津。先公之葬，竟不得临，此文终天之恨，而不或逭之罪也。十一月，先生母又卒。初文奉慈母南迁，闻先生母病，星夜北驰，及至天津，而先生母已于前一日遐逝矣。弥天之痛，一岁而两丁之，心摧肠崩，而生气尽矣。乃橐笔南下，鬻文于海上。先公召文曰：人贵自立，不可恃先人之泽，而无所建树。建树之道，始于学问，观夫贵豪子弟，多不识一个字，而骄奢淫佚，终至破家亡身，求一棺而不可得者，咸有所恃而自堕也。文书之绅，铭之心，不敢忘焉。今文始三十，正有为之年，而天下嚣攘，群以利征，甘屈躬以求辱溷，此暂侣于烟霞，苟活于刀笔，岂得已哉，岂能已哉！”以上云云，颇多讳言。最为显著的，如袁世凯窃居帝位，而作为由于杨度的推尊，而处被动地位，这是不符合事实的。谈到他们弟兄之间，确有难言之隐，那矛盾是很尖锐的，所以他自比陈思王，一则认为才华足与曹子建相埒，二则煮豆燃萁，同于子桓之迫害，所以弟兄参商，克定归洹上，克文便寓天津。克定赴天津，克文即返洹上，两人是不相往还的。后来克文死，有黄峙青其人哀挽诗云：“风流不作帝王子，更比陈思胜一筹。”即从子建故事而推进一层说法的。

克文的夫人刘姌，字梅真，安徽贵池人，父为盐商，饶资财，捐候补道，与袁世凯相结纳，遂成姻戚。（伯雨案：梅真之父名尚文，非盐商，他在天津候补，寒云知其女美，故托人求亲。寒云之内弟名懋贻，今在美国，年亦八十一二矣。周志辅先生为懋贻表弟，周君所告也。）梅真能作小楷，又擅吟咏，著有“倦绣词”，常与克文唱和，或比诸赵明诚与李清照。江南苹女士为刻“俪云阁”印，以博夫妇双粲。克文长子家嘏，字伯崇，号天纯，娶方地山女方根，字初观。当双方定婚，毫无仪式及世俗的礼币等，两亲家交换了一枚绝世希珍的古泉，及结婚，仅在旅邸中一交拜而已。地山有一联云：“两小无猜，一个古泉先下定；万方多难，三杯淡酒便成婚。”当时步林屋也撰一贺联云：“丈人冰清，女婿玉润；中郎名重，阿大才高。”原来方地山名尔谦，别署大方，为名驰南北的古泉专家，且工联语，有联圣之目。他是克文的老师，又是儿女亲家，是具有双重关系的。克文之次子家彰，字仲燕，号梦清。还有三子家骝，字叔选，号用礼。据说家骝为克文外室花元春校书所生。这时克文年二十余，花元春却比克文大六七岁，夫人梅真知道了，大不以为然，所以未能进门，不久病卒。然家骝读书很勤，留学美国，成为科学专家，在诸子中最露头角。最小的一位名家楫（骥）。克文喜冶游，当初次来沪，彼时袁世凯尚在，他以贵公子身份，遍征北里名花，大事（肆）挥霍；及归，送行的粉黛成群，罗绮夹道。他非常得意，认为胜于潘郎掷果。此后又在津沽上海一带，娶了许多侍姬，如无尘、温雪、栖琼、眉云、小桃红、雪里青、苏台春、琴韵楼、高齐云、小莺莺、花小兰、唐志君、于佩文等都是。但这批妾侍不是同时娶的，往往此去彼来，所以克文自己说：“或不甘居妾媵，或不甘处澹泊，或过纵而不羁，或过骄而无礼，故皆不能永以为好焉。”姬人中之栖琼，梅真夫人极喜欢她，斥私蓄三千金代为脱籍，常和栖琼出观电影。《寒云日记》中，一再提到。另一姬人眉云于民国十八年冬，在天津逝世，克文哭之以联，为侍姬入庙之一人。相处最久的则为唐志君。志君，浙江平湖人。克文有《平湖好》《平湖灯影》《平湖琐唱》等作，即纪与志君同赴平湖事。志君能文，曾在上海《晶报》上写《陶疯子》《白骨黄金》《永寿室笔记》等，由克文润饰，更觉斐然成章。克文和她同居上海若干年。克文疏懒异常，朝夕偃卧衾中，吞云吐雾，与阿芙蓉结不解缘。骨董书籍，堆置枕畔，肥猫二头，呼曰“大桃”“小桃”，跳跃于被褥之上。克文见客谈话或撰文，仅欠身欹坐。饮食都由志君悉心侍奉。后志君离去，竟为人批命以自赡。有人劝她以袁皇帝之媳妇登报号召，一定生涯鼎盛，可是志君不愿意这样做。后来克文逝世，噩耗传沪，志君听到，亲到晶报馆详询情况，且谓将为克文写一小传。民国十三年（一九二四年），克文邂逅小莺莺（真姓名为朱月真），克文甚为之风魔，为撰《莺征记》《怜渠记》，步林屋为作序。又作《春痕》十首，且以清宫旧制玉版笺四帧，画朱丝栏，精楷写赠小莺莺。不久娶之于北京饭店，辟金屋于鲜鱼口十间屋。某记者有《寒莺佳话》，载于报上。过了若干时期，忽然发生政变，京津间的火车阻阂不通，彼此成为牛郎织女。既而克文别有所欢，与小莺莺无形疏断。这时小莺莺已娠孕数月，旋诞一女，名曰三毛，貌酷似其父，极聪慧。后来克文颇思小莺莺复还故巢，屡遣人至沪，与小莺莺相商，欲一见三毛，小莺莺应允，正拟携赴天津，与克文重晤，初不料约定日期，而克文遽尔病逝，小莺莺很为伤悼。于佩文嘉兴人，最端庄，始终如一。克文初遇时，为撰《槜李西施记》，又集句为嵌字联云："佩玉鸣鸾罢歌舞，文章彪炳光陆离。"佩文能画兰，克文曾题一帧云："清兮芳兮，纫以为佩；妙手得之，萧然坐对。"

克文家在河南彰德洹上村，那是他的父亲世凯所营的菟裘，称为养寿园。园以养寿堂为主屋，凡三巨楹，周拓广廊，阶前列奇石二，系自太行山移来。楹联集龚定庵诗："君恩彀向渔樵说，身世无如屠钓宽。"甚为堂皇。谦益堂、五柳草堂辅之。东北为乐静楼，西为红叶馆。更有纳凉厅、澄澹阁、葵心阁、啸竹精舍、杏花村、临洹台、天秀峰、碧峰洞、散珠崖、汇流池、鉴影池、卧波桥等。亭更多，有垂钓、盖影、滴翠、枕泉、待春、瑶波、泻练、洗心等名。匾额大都出于克文书题，仿佛大观园试才题对额的宝哥儿，且撰《养寿园志》，其小序云："岁在戊申，先公引疾罢归，以项城旧宅，已悉畀诸亲族，且家人殊众，未敷所居，乃初卜宅汲县，旋迁百泉。逾岁，洹上筑成，居室厥定。洹上村，负安阳北郭，临洹水之上。村之左，辟地百亩，艺花树木，筑石引泉，起覆茅之亭，建望山之阁。漳河带于北，太行障于西，先公优游其中，以清孝钦后曾赠书养寿，爰命曰养寿园。其一椽一卉，咸克文从侍而观厥成焉。兹先公遐逝，园圃云荒，益滋痛慨，溯而志之，用纪林泉之旧尔。”克文的弟妹及夫人梅真都住在园中，并延吴中周梵生教他的儿子读书，他自己不是往京津便到上海，把旧居作为传舍。后来洹上附近发生匪劫，便全家迁居天津，住在河北地纬路六号。在北京则居东城遂安伯胡同十四号，门上榜“洹上袁宅”四字。在上海居霞飞路宝康里对过二百七十号，又迁爱多亚路九如里口一千四百三十二号。又住过白克路宝隆医院隔壁侯在里。他白昼高卧，一到晚上，吸足鸦片，兴致勃然，许多友好及弟子们纷纷到他寓所，把晤谈天，真是群贤毕至，少长咸集。尤其《晶报》主持者余大雄，素有“脚编辑”之号，为了索稿，不怕奔走。克文虽允为《晶报》撰述，可是以疏懒故，不逼不写。大雄也就每晚来催促他，坐床前辄亘一二小时之久，然后持归排印。当唐志君时代，克文家政，内由志君做主，外由小舅子唐采之把持，大雄又不得不与唐辈周旋，颇引以为苦。

克文生于前清光绪十六年庚寅（一八九〇年）七月十六日。当民国十一年壬戌（一九二二年）七月十六克文三十寿庆，天台山农作联贺之云：“壬戌之秋，七月既望；庚寅以降，初度揽揆。”上句引《赤壁赋》，下句摘《楚词》，那是非常巧合的。克文生肖属虎，汤临泽为他精刻虎钮象牙印章，铸版印于报上。他卒于民国二十年（一九三一年）三月二十二日午刻，享年四十二岁。所患者为猩红热转肾脏炎，医药无效而死，潘复助理其丧。消息传到上海，《晶报》连日刊登哀挽诸文，如丹翁的《哀寒云》，天倪的《挽寒云》，张聊止的《敬悼袁寒云》，王公弢的《寒云领英之文缘》，郭宇镜的《云莹艳史》。且登载了许多照片，如“十年前之寒云”、“寒云志君合影”、“寒云扮黄天霸”、“小莺莺所生之女三毛男装影”、“贻大雄之袁项城遗墨楷书联语影”（联云“风吹不响铃儿草，雨打无声鼓子花”）、“寒云最后小影”，旁有克文自书：“庚午岁暮，克文时年四十又一岁。”又《寒云所书英文》《寒云致莺短札》《致大雄信》《寒云信封》等。丹翁《哀寒云》有云：“……初寒云以徐寿辉天启折三钱捺印信笺上，钱至今在大雄处，是又实物之纪念，我则足资纪念故人者，三代玉玺数钮，方系衣带间而日夕摩挲也。”忆语又谈其收藏云：“寒云生平嗜古，所得佳品至夥，但亦偶供消遣，兴尽则视若浮云。或以质钱，或以易物，虽贬价受亏，亦所弗计。如宋椠李长吉、鱼玄机、韦苏州诸集，如元绘佛像巨帧十三幅，六朝人绘《鬼母揭钵图》，如元大朝徐天启诸泉，均以廉值让人，或赠诸友好。后精研各国古金币，荟集各国邮票，价俱达万金，而以数千金挥斥之去。其它小品，如刚卯、严卯、汉罘之属，今殆犹藏诸箧衍。”以上云云，虽很琐碎，然亦足见克文生平的爱好和气度。上海诸友好，如包天笑、严独鹤、周瘦鹃、钱芥尘、步林屋、王钝根、徐朗西、刘山农、张丹翁、孙东吴、刘襄亭、侯疑始、尤半狂、余大雄、蒋伯器、许世英等，且发起为开追悼会，于这年四月二十六日假座牯岭路“普益代办所”举行公祭，并陈列遗墨。当时不收赙金，所得的无非挽诗挽联而已。其中以孙颂陀、梁众异二联最为贴切。孙联云：“身世难言，词赋江关空寄慨；华年逝水，烟霞风月彀销魂。”梁联云：“穷巷鲁朱家，游侠声名动三府；高门魏无忌，饮醇心事入重泉。”

克文浪游南北，社会活动较多，也就加入了帮会。哥老会成立于清乾隆年间，无非以武犯禁，秘密进行。至清末，哥老会的一种，名青帮的，势力遍江湖间，厥数尤众。排行有大、通、悟、觉等等，以大字辈为最高。

克文和步林屋同拜兴武六帮（青帮中的名目）头子张善亭为师，因此后来同列大字辈。有所谓开香堂、收弟子。外传克文弟子达数百人，实则没有这样多。他深恐过于招摇，生出是非，就在《晶报》上登了一篇《门人题名》，有云：“不佞年甫三十，略无学问。政求师之年，岂敢妄为人师。乃有好事少年，不鄙愚陋，强以人之患者，加诸不佞，既避之不获，复却之不可，忝然居之，自觉愧悚。而外间不谅，更有不辞自卑，托言列门墙者，殊繁其人。在彼则偶尔戏言，在予则益增颜汗。或且讥予冗滥，诟予妄谬，不尤自恧欤！乃就及门诸生，记其名字，以告知我厚我者焉。沈通三（一名国桢）、沈恂斋（一名荆香，字馨庵）、邱青山、金碧艳（名景萍）、孔通茂、朱通元、温廷华、李智、董鸿绶、庄仁钰、周天海、唐敦聘、戚承基、徐鹏、金珏屏、陈通海。右十六人，或学识超迈，或年齿加长，若言师道，实有忝焉！又有荆君剑民，亦曾请列门墙，不佞再三辞谢，并愿附于友例，乃蒙谅原，心乃释然。此外则无矣。苟有自称者，予亦不敢承焉。”据我所知，以后尚有从之为师，不限于帮会，或向他学书，或向他问字，如汪梦华、周世勋、朱柱石、程宫园、俞逸芬、陈鬯若、谢之光、张庆霖、李金标、曾焕堂、黄显宗、钟汉杰、张玉山、李耀明、赵士廉等。那十六人中的金碧艳、金珏屏弟兄因行为不检，克文把他们摈诸门墙之外，在《晶报》上写了一篇《小子鸣鼓而攻之》。有人开玩笑说：“袁老二居然作孔老二口吻，《晶报》出了圣人了！”此后，王瑶卿来向克文疏通劝解，仍欲进金碧艳而教之，克文又写了一篇《勖碧艳》，大有留待察看，以观后效之概。

克文喜欢和人结金兰契，他的盟弟兄，有复辟辫帅张勋，号称天王老子的张树声，内廷供奉老乡亲孙菊仙，龙阳才子易实甫，林屋山人步翔棻，网师园旧主人张今颇，书法家刘山农，著述家周南陔、周瘦鹃，都通过谱。瘦鹃辑《半月》杂志，克文写了许多作品供给他，又请谭踽盦为瘦鹃绘《紫罗兰图》，又刻一六面印，朱文“紫罗兰尊”，白文“吴门周瘦鹃一心供养”。边缘之一，刻紫罗兰神像，其它则镌“比花长好，比月当圆。香柔梦永，别有情天。右把明珠，左挥涕泪。愿花之神，持欢毋坠。紫罗兰神赞，寒云撰文，踽盦刻石”。瘦鹃紫罗兰影事，心上温馨。这一颗印章，想尚保存在他的紫兰小筑中吧！

（按此书付印时，周公死已数年矣。）

他信佛，取名陀旷，又名觉旷，甚至为梅真夫人及诸侍姬，都取了法名，治一佛印，刊有“佛弟子袁克文敬造石象一区一心供养”数字，又索梅兰芳绘佛像扇。又信扶鸾，常主持集云宗坛，在沙盘中作龙蛇舞，无非游戏三昧而已。

民国二年癸丑（一九一三年）冬克文居北京，与易哭庵、何鬯威、闵葆之、步林屋、梁众异、黄秋岳、罗瘿公，结吟社于南海流水音，请画师汪鸥客作《寒庐茗话图》，当时好事的人，目为“寒庐七子”，鬯威有《寒庐七子歌》。后罗瘿公逝世，克文挽之：“七子又弱一个，沧海横流，孰堪青眼；十年痛哭二瘿，秋风邻笛，我亦白头。”注云：“哭庵、鬯威，墓木久拱，今瘿师又逝，溯念昔游，能毋腹痛耶！当光绪丙午、戊申间，予侍居沽上，日从瘿师及吴彦复葆初、方地山师尔谦游，忘年至相得也。吴丈亦号瘿公，时人称二瘿焉。吴丈以癸丑春卒于海上。”那时克文的交好，可见一斑。

克文来沪，和文艺界人士，颇多往还。民国十二年他发起中国文艺协会，九月十四日，开成立大会于大世界之寿石山房，到者六十人，均一时名流，推克文为主席。十一月十五日又开会选举，当然克文仍为主席，余大雄、周南陔为书记，审查九人，为包天笑、周瘦鹃、陈栩园、黄叶翁、伊峻斋、陈飞公、王钝根、孙东吴及袁克文。干事二十人，为严独鹤、钱芥尘、丁慕琴、祁黻卿、戈公振、张碧梧、江红蕉、毕倚虹、刘山农、谢介子、张光宇、胡寄尘、张冥飞、余大雄、周南陔、张舍我、赵苕狂、徐桌呆等。但不久，克文北上，会事也就停止，没有什么活动了。

他又一度和步林屋、徐小麟等发起全国伶选大会，假上海一品香西菜馆，宴请顾曲家及报界人士，由克文宣布该会主旨，公推克文为正会长，步林屋、张聊止为副会长，徐凌霄、何海鸣为名誉正、副会长，王钝根为评议长，唐志君为女评议，丁悚、张光宇、郑鹧鸪、张冥飞、邹弢庐为顾问。结果，有组织没有行动，也就无形打消。克文做事，有头无尾，往往如此。

克文著述很多，又复随便署名，或署克文，或署豹岑，有时谐声为抱存，又称抱公，获宋人王晋卿的《蜀道云寒图》，得物志喜，因署寒云。可是外界对寒云与抱存，是一是二，引起疑问，他作六句诗以代说明："抱存今寒云，寒云昔抱存。都是小区区，别无第二人。回汤豆腐干，老牌又刷新。"措辞颇为幽默。民国十六年，克文登报卖字，却又声明："不佞此后将废去寒云名号，因被这寒云叫得一寒寒了十余年，此次署名用克文，在丁卯九月以后，无论何种书件，均不再用寒云二字矣。"但是过了几年，故态复萌，又用寒云。并且寒云的签名式，把云字写成耳朵，好像是四十二，他恰巧活到四十二岁便下世，这又是无巧不成书了。

有一年，寒云获得商代玉龟币一枚，欣喜欲狂，便名书斋为龟盦。咏纪古物之作曰《龟盦杂诗》。黄叶翁为绘《龟盦图》，步林屋为作《龟盦赋》，谭踽盦为刻“龟盦印”，他有时写作，即以龟盦为别署。又得商鉴，斋名一鉴楼；得汉赵飞燕玉环，署名宝燕或燕环。他的收藏品中最珍贵的一件要算白玉刚卯。黄叶翁曾说：“海内刚卯之可信者，仅寒云所藏一枚。”又获得严卯，因名佩双印斋，自署佩佩。又得汉永始玉斝，名斝斋，藉以表示古缘之厚。

克文擅诗，他最早的作品，所谓处女作，是一首五律。这时为丁未（一九〇七年）六月，他养疴京西翠微山的龙王堂，忽然兴发，成诗为：“醉陟翠微顶，狂歌兴已酣。临溪坠危石，寻径越深潭。云气连千树，钟声又一庵。苍茫归去晚，胜地此幽探。”甲寅（一九一四年）之夏，他刊印《寒云诗集》，都属早期之诗，可是这诗却没有收入。《寒云诗集》分上、中、下三卷，由易实甫选定，共选一百余首，用仿宋字排印，线装本。题签出于自己亲笔。冠闵尔昌题词，诗自《郊行循河吟归村舍》起，《三日重游济南》止，其它如《柬萧亮飞》《次王介艇游养寿园题二首》《和沈吕生论书之作》《与程伯葭夜坐》《次朱石安留别韵》《柬张仲仁费仲深苏州次葆之韵》《杨蕴中女士将南归索诗为别》《赠杨千里》《上地山师二首》《哭吴北山丈》《平山堂和方泽山丈》《和江亢虎赠别》《寄傯威天津》等，可见那时他往还酬唱的一斑。当时印数不多，过了几年，他自己一部也不存了。后来他的老师方地山为他征集到一部朱印本，可是只有上、下卷，中卷尚付阙如。地山即在诗集扉页上题了首七绝，赠给他保存，诗云：“人间孤本寒云集，初写黄庭恰好时。手叠丛残还付与，要君惜取少年诗。”

他的著述，大都散见京沪各报各杂志上，为周瘦鹃主持的《半月》杂志写小说，一、侠情的《侠隐豪飞记》，一、侦探的《万丈魔》，后来由大东书局合印为《袁寒云说集》一册。

《洹上私乘》，最初刊载《半月》，后来亦由大东书局印成单本行世。该书分七卷，卷一先公纪，卷二先嫡母传、慈母传、先生母传，卷三诸庶母传，卷四大兄传、诸弟传、诸姊妹传，卷五自述，卷六养寿园志，卷七遗事，附世系表，又有袁世凯垂钓图，出于无锡杨令茀女士手绘及养寿园照相，都铸铜版印入。

《新华私乘》，继《洹上私乘》而作，那是纠正坊间流行的《新华宫秘史》《洪宪宫闱秘史》而作的。这两种“秘史”，大都虚构胡说，且有把袁世凯的女儿们指为某妃某嫔，更属谎谬，所以书前有一小序，略云：“自先公遐逝，外间多有纪吾家事者，或作札记，或为小说，然皆妄事窥测，无能确详，誉毁全非，事迹终隐，予窃有感焉。爰就昔之朝夕接触于耳目者，笔以存之。善者弗饰，不善无讳，事虽微末，但期于虚构者有以正耳。斯吾家史，故曰“私乘”。若有系于国故，亦靡或遇焉。”可是克文撰稿，没有恒心，往往有始无终，不了而了。所以该

《私乘》首先为《先公纪略》，只登了三四则，也就停止不续了。

《辛丙秘苑》，是他最负盛名的代表作，他写这稿，非常郑重，一再涂乙，乃倩人誊录，再加修润，然后付诸手民。但他为亲者讳，处处为袁世凯辩护，洗刷盗国的罪名，当然立论是不公允的。当时叶楚伧首先排斥他。有一次宴会，邵力子遇见了克文，不与招呼，原来邵也是反对他颠倒黑白的。但这部书涉及许多人物故事，却有很多值得研究的史料，那也不能一笔抹煞的。

当时按期登在《晶报》上，颇能激增销数，不料登至十六续，忽截然而止。《晶报》主持人余大雄大为惶急，发挥“脚编辑”作用，登门求索。克文却提出条件，欲得张丹翁的匋瓶为酬报，否则没有兴味续写。原来丹翁在民国三年，参陕督戎幕，曾在西安市上获得匋瓶三个，其中以汉熹平元年朱书一瓶为最珍贵，且有铭文一百有一字，克文欲得之心蓄之已久，可是不好意思向丹翁启齿，直到这时，才向大雄倾吐。大雄立即和丹翁相商，丹翁愿意割爱，便三面谈判，约法数事，匋瓶归克文，克文撰《秘苑》十万言，大雄特许以最厚稿费为丹翁报。且以三代玉盏、汉曹整印、宋苏轼石鼓砚、汉玉核桃串，存丹翁处为质押。期以一百天完稿，逾期议罚。以上这几件古玩，都是克文平素很宝爱的，那么他想把爱物早日归还，《秘苑》必早日交卷，无非含有督促的意思。克文获得了匋瓶，很高兴，在他的《罼斋杂诗》及《易瓶记》中记述其事。《易瓶记》所叙尤详，如云：“文新华奉侍，六易草木，政事野闻，多窥秘邃。先公殂后，遂放江湖。朋侣座中，辄述往昔，闻者骇诧，属纪以永之。文诺而耽逸，久未属草。今秋（民国九年）游西湖归，神思多爽，日纪一二事，命曰《辛丙秘苑》。冀传知见，用矫诞虚，先公遭诬，庶有以白，非故构言孽，实有未忍已于言者。若文荒辞陋，曷敢自饰，但以纪实，胡事藻华哉！为恩为怨，亦非所计也。随纪随付《晶报》刊之，有惊叹者，有骇怪者，或谓有憎怒者，将不利焉，咸一笑置之。惟丹翁嗜痂谬许，谓可与洛阳争贵，欲槧而市焉。文诚惶诚怍，载陈载辞，既祸铅已，复灾枣耶！是非昭示，下愿乃遂。苟厕宛委，徒贻后讥，高谊可载，厥议可罢。翁固不许，且出所储汉熹平元年朱书匋瓶，乞易厥作。后市之赢绌，咸翁负焉。瓶高强及尺，丹漆书文，凡字一百又一，咸道家言，为陈初敬志冢墓者。书作草隶，飞腾具龙虎象。文韵而古，简而趣，汉人手迹，诚大宝也。文欢喜赞叹，载拜受之。书约以《秘苑》报翁，期以十万言，庶副翁之望尔。文慕厥瓶久矣，兹翁竟以下贶，感于翁，爱于瓶，复何有顾耶？作《易瓶记》，永志斯缘。”丹翁附识云：“古人题其鬻文之稿本曰利市。雄于文者，其志固不在利，然欲信文之声价，非利何属。予曩客西安，于无意中获匋瓶三，皆有汉人手迹。五年前，间关携瓶南归，时上虞罗叔言有宋拓汉碑四种，知予之欲得之也，即索三瓶中熹平年者为报，予不忍割爱，乃以永和年朱书瓶及无年号之墨书瓶相易，叔言已大乐。此熹平年之瓶，书法奇肆，毫无漫灭之点画，故藏之吴门，不轻以示人。今年秋，寒云草《辛丙秘苑》视我，骇为不朽之作，读《晶报》者，咸知脱稿必纸贵，觊觎版权者众矣。奈寒云习懒既久，赓续往往中断，知予有是瓶，谓非得此不足以鼓兴。予乐信史之成也，遂不能自守。甫与成约，大雄果以重金购版权去。他日之利市，惟大雄专之。予自愧不能为文，而假他人之文以获利市，则又巧于古人矣。”这样三方面谈好，总认为千妥万当，顺利进行了，岂知克文至二十八续又告停辍。原因以志君的妹妹志英逝世，克文助理丧事，事极纷繁，不暇执笔，而志君却要收回三代玉盏，斟酒来奠她的妹子。克文向丹翁索取，丹翁不答应。克文认为《秘苑》前后已写万余言，在许多质物中，取回一件，于约并不违背，玉盏当归。丹翁认为《秘苑》仅交万言，才及十分之一，玉盏不当归。彼此各趋极端，没有方法调解。克文大发大爷脾气，索性辍笔，看丹翁有什么方法使出来。

这样延搁着，到了约期将满，玉盏既不归，《秘苑》稿也不续。丹翁致书催问，克文大怒，写了篇《山塘坠李记》，揭发丹翁的阴私，丹翁写了篇《韩狗传》还骂克文，克文又用洹上村人署名写《裸体跳舞》，谈霜月家丑事，以霜月影射丹翁。丹翁立致克文书：“……小说妙绝。仆之逸事，得椽笔写生，且感且快。仆颜之厚，不减先生；而逸事之多，恐先生亦不减仆也，一笑。草草布颂上村人撰安，霜月顿首。”克文复之：“不佞以道听途说，偶衍成篇，但觉事之有趣，而不论所指为谁，假拈霜月二字以名之，竟有自承者，奇矣。而自承者又为我好友丹斧，尤奇。迷离惝恍，吾知罪矣。寒。”这样一来，急坏了大雄，亟谋打开僵局，双方奔走，费了许多唇舌，说了许多好话，向双方道歉，好不容易，总算有个转圜余地，克文愿意续写，惟以必得玉盏为言，且不甘受期限的束缚。在丹翁方面，愿得匋瓶的代价以息事。大雄商之于某巨商，贷金以偿匋瓶之值，并毁前约，赎取诸质物于丹翁之手。诸物品中，玉盏归克文，余则质押在某巨商处，俟有力时再谋赎取。《秘苑》视克文兴之所至，陆续撰写，笔战才告一段落。大约过了半年，克文又续《秘苑》，记徐世昌断送东三省，又袁世凯有迁都洛阳之意，命唐在礼督造洛阳官舍。又朱启钤主大典。又孙中山之女秘书。写了数则又复停笔，从此不再续写，而克文、丹翁两人的交谊，久久不复。恰巧丹翁获得了汉赵飞燕玉环，克文艳羡的了不得，结果丹翁与之易古物，乃言归于好。

其它较长的作品连续发表的，有《三十年闻见行录》，登在瘦鹃主编的《半月》杂志上。在未登之前，《半月》的编辑话：“下期特载袁寒云的《三十年闻见行录》，尚有独行客之《廿年尘梦录》。此君为寒云老友，工书画金石，并娴武事，尝驰驱白山黑水间，与马贼战。解甲后，漫游宇内，见闻益广，此书即记其廿年间经历之事，足与寒云之《三十年闻见行录》媲美。”的确，这两种作品，都为读者所重视，惜不知所谓寒云老友的独行客为谁。

《三十年闻见行录》，有些具有史料性，也有些《子不语》《阅微草堂笔记》式的神怪故事，如记中日战争前夕，袁世凯自韩渡海归来事。又小站练兵时江朝宗司阍。又谭嗣同私见袁世凯挟枪恫吓。又袁世凯严剿义和团，联合东南诸省督抚张之洞、刘坤一等共策东南半壁之计。又大明湖听歌昵歌儿长庚。又山东抚署之狐仙。又德州某县信宿行馆之遇鬼。又自历城入都所乘之驼轿。又德州所见之海市蜃楼。又青苑节署。又孝钦后与德宗止跸时所用之象牙床、琉璃灯。又逆伦案请王命。又袁世凯与王莪生、孙慕韩、严又陵、杭辛斋之交往。又吴彦复与彭嫣。他的作品往往兴到为之，兴尽即止。这《三十年闻见行录》题目何等广大，而所记仅此，也是不了而了的。

他喜藏泉币，与江都方地山、高邮宣古愚（即黄叶翁）同癖。他就把方宣二家所藏和他自己所得的周武安金错圜币等珍品，选英撷粹，都凡百品，成为《泉简》。从周代起，明代止，且附杂品及外国古钱，均有泉拓。又有《泉文述变》，那是古泉考证之作，又《古逸币志》一卷，凡十有六品，如周之黄金币，商玉龟币，汉武白选，古错金锡铁诸币，为史志所不及。益以秦汉圜法罕异之品，以补昔谱之阙，而存古制之遗。并附古外币，本为张叔未旧藏，见《清仪阁金石录》，现已归克文所藏了。又短作《宋庆元玉泉记》，为丹翁赠彼古玉泉的考证。又《世界古金币隅录》，又《世界古今币一斑》，又《世界金货集略》。又当时余大雄作《泉鉴》，他辑《货腋》，后改《述货》，与之并登《晶报》。彼拟把古泉编成专书，在报上登一启事云："不佞昔昉（仿）刘燕庭《论泉绝句》，曾作《古泉杂诗》数十首，旋即弃置，无复赓续。稿为凌霄索去，刊之《小京报》。前岁既主《晶报》笔政，复杂箧中金石，随作随刊，命曰《罗斋杂诗》。今岁文以世界货币入吟，且因获商玉龟货，易名曰《龟庵》（庵同盦，依原稿，下同——编辑者注），闲亦赋及金石，三类都凡百数十首。叠承癖痂之士，索刊专集。自揣荒陋，曷敢祸枣，惟以雅命，姑更续作若干首，俟各得百章，再为付梓。兹后凡论泉货之作，曰《龟庵杂诗》，纪金石之作，曰《罗斋杂诗》，分类编饰，庶免庞紊云尔。"可是因循未果，没有刊成专书，金山程云岑组织"古泉学会"，克文为会友，颇多商榷。

考古的作品，有《虎庵珠薮》，谈他所藏古玉的第一品商云琮，又错金错银的夏代铜虎钩。又《古琮兰亭歌》，谈白玉精刻兰亭帖。又《尊前小纪》，谈毛公鼎与散氏盘。又《冷泉云合记》，纪游西湖，饮于酒家，酒家女云姑以家酿出飨。克文发现那盛酒之盏，乃宋定瓷官窑，问了云姑，始知是她祖上所传。云姑请克文为家酿题名，克文写"朝霞寒露"四字给她，且作一诗："无意登楼听冷泉，忽来仙子弄便娟。为斟寒露朝霞色，天外羁愁一度蠲。"饮罢，以四元酬云姑，云姑以盏赠克文，克文更以指上绿宝石指环给云姑以留念。又《吴越砖研记》，原来六舟和尚于临安得古砖，有文"宝正二年钱氏作"，系吴越王钱氏物，便把它琢成一研，有杨龙石、张叔未题刻。克文辗转获得，请谭踽盦刻《百宋书藏勘画研》七字，该文纪始末甚详。又《双牌记》，谈丹翁获五代郭氏面牌，克文以明袁氏嘉趣堂仿宋《世说新语》易之。方地山有宋高宗时临安銙牌，克文以徐天启小平泉一品易之。因作此篇以志喜，并填《双调水仙子》词。又《儿童古玩图录》，有秋声馆的蟋蟀笼，周芷若的笔筒，周心鉴的盒儿，卢葵生的砚，且附图，实则是雅人的清玩，儿童是不会欣赏的。

关于娱乐方面，撰有《雀谱》一卷，余大雄作序，又《叶子新书》，都是登载在《半月》杂志上。他自谓："得明代叶子一局，从而略窥古法，复搜集天津、丹徒、临沂、歙县诸地之叶子，附以雀牌，作《沿革表》，纪其嬗变，作《角戏志》，疏其法例，合为一编，命曰《叶子新书》。戏虽无益，亦一代之文物也。"又《鸳鸯局图经》，一局牌，二局位，三局法，四局色，又附图凡七。自志"壬戌十月初八日，寒云戏造于一鉴楼中"，载《半月》杂志。

其它杂作，如《戊戌定变记》，也是子为亲讳的作品。《瓶盦琐记》，纪端方入川之前往彰德，宿养寿园三夕事。《美艺杂言》，纪黄小松刻箑，黄叶翁所昉（仿）元夫人容沂图，欧阳予倩夫人刘韵秋之花鸟，左静如之绣幅，方泽山、李木斋之书法，以及评论吴昌砚石鼓之雄奇，伊峻斋小楷之端严，刘山农行楷之流利，张丹翁隶楷之隽美，未免有溢誉之处。又《听朱荇青弹琵琶记》，纪平湖友人朱荇青的妙技。又《闻声对酒谭》，这时甲子战乱，克文躲在安全地区，照样选色征歌，度其纸醉金迷生活。所纪如小乔、月珠、奇香、雨香、挹云、抱云、净英、小红铃、谭雅云、林爱珠诸妓艳韵事，载《半月》杂志。又《思旧记》，纪庚申浙江督军卢子嘉招游，在西湖畔为辟广厦以居往事。又《春明十日记》，纪与邵次公、吴桐渊、尹石公、侯疑始、冯小隐、闵葆之、徐森玉、方重审、陆雕士、吴静庵、刘竺生游宴，和海王村火神庙观赏古玩事。又《宾筵随笔》，纪人物掌故及书画清玩。有《婉转词》，分纪梦、入梦幽话、迷离、撩乱、归梦，不啻小说情节，大约是有影事的。又《艳云嘉耦记》，纪伶人金碧艳与校书云媞相恋慕，克文为之撮合事。又《新年之回顾》，叙述当袁世凯督直时，其家人团聚之乐，以及供神等俗尚。又谈到十六岁的除夕，有戚友馈香槟酒四瓶，他独酌于室，连浮大白，把酒罄其半数，颓然倒卧地上，为生平第一次大醉。又仿猎筹，剪纸绘采，凡二百四十八筹，二人三人四人五人六人八人十人十二人，皆可成局。筹图如鸳鸯、凤凰、孔雀、鹤、鹏、鸿、白头翁、精卫、鹦鹉、报春、画眉、翡翠、鹧鸪、鸺鹠、鹳鸽等，集禽类之大成。又有朱色彩图，名之为《团圆乐》。又《惜秋华》，吊校书蒋五娘殉情。又《舟中佳兴》，纪与志君志英舟赴杭州事。又《季女家守阅世记》，纪志君所生之女家守，八十七日即殇事。又《倚虹小说话》，推重倚虹所写载在《小说画报》上之长篇小说《十年回首》，谓“阅读数四，犹津津回甘”。两人开始诗相唱和。又《骗子总长》，骂董康骗去了他所藏的宋刊本《花庵词选》。又《巧工偶记》，一纪沈绍安的漆器，一纪朱子常的雕刻。又《无量寿》，为钱化佛所绘《佛光集》而作。又《挽张勋盟兄》，附挽联，又节录勋子告哀文。此外如纪《曹元度》《宾退小纪》《春痕一瞥》《蘧蘧栩栩》《哀赵无补师》《天王老子病死经过》《寒云杂话》《岁暮京尘》《沽上春痕》《风国外史》《罣斋随笔》《纪义妇》《萧亮飞》《挽车者言》《近畿劫车记》《相思引》《妙云出家记》《还津后》《鸳鹉波痕》《泣珠辞》《哀王福寿》《答林屋盟兄》《国香散记》《英秀嗣响》《日下春尘》《读援韩野记》《放言》《新食谱》《西子微波》《翠爪吟》《题缶庐印存》《汪洋传》《海上杂志评》《挽徐国梁》《酬宾篇》《暹罗宫词》《停筝曲》《玉阁谣》《今事谣》《酸祸》《儒林拾屑》《滑稽偶语》《小龙阳守灵抓诗》《谭名》《报馆茶房日记》《鹦波艳咏》《翩翩》《与大雄论镜》《异腋》《非非孝》《杀杀篇》《新状》《新诗话》《万海一尘录》《哀蓝天蔚》《今事比》《腐言》《方尊室杂记》《小言》《青楼辞典》《罣斋联话》《儿时顽皮史》《尊前小语》《修禊诗话》《娑婆生传》《流水音记》《近节小事记》《香梦记》《我与大报》《新年之花》《红豆辞》《金陵春宴记》《岁阑杂兴》《三三考》《书含英画尾》《答北京友人听花、秋岳、小隐书》，又白话小说《枕》，朱凤竹为绘插图，与周瘦鹃合译司各德《紫兰曲》三章，至于零星作品，那是收不胜收，也就无从备举了。自克文逝世，他的弟子俞逸芬，首先为克文征集遗稿，又他的表弟张伯驹，也为克文广事搜罗，巢章甫、郑逸梅相助，所获较多，奈以付印不易，只油印了一本词集，名《洹上词》。

克文所辑录的，有《圭塘倡和诗》，首冠王式通一序，有“寒云主人手书《圭塘倡和诗》既竟，属赞一辞，式通未睹平泉之胜，初闻流水之音，受而读之，移情累日”等语。诗有容庵主人、沈祖宪、凌福彭、史济道、权静泉、陈夔龙、费树蔚、丁象震、闵葆之、吴保初等。所谓容庵主人，即袁世凯。又于癸亥年终，辑《豕尾集》，载《半月》杂志。上卷有梅真、绿弗、伯崇、初观、仲燕、叔选等《新年乐》诗。下卷有克文忆海上师友黄叶翁、吴昌硕、伊峻斋、步林屋、刘山农盟兄，周南陔、周瘦鹃两盟弟，又慕陶、佩芸等人各一首。克文《奉和瘦鹃盟弟赠别诗》，梅真、绿弗、林一和诗，附瘦鹃原唱。又梅真《倦绣室诗草》，又志君之《鬼异》，绿弗之《秋夜》，初观之《可怜之女子》，叔选之《风雪孤儿》等笔记。瘦鹃附识：“寒云去津两月矣。近集其家人感时遣兴之作，汇为一编，颜之曰《豕尾集》，集中作者，为其夫人梅真、志君二女士，令妹绿弗，长子伯崇，伯崇夫人初观，次子仲燕，三子叔选，高足林一，并寒云凡十人，刊之春节号，用志一时盛事。”又《围炉唱和诗》，那是甲子年居沽上，极团聚之乐，命题分韵，刻烛联吟，克文首作《大风夜坐怀海上故人诗》，梅真、伯崇、初观、仲燕、叔选和之，其他尚有方地山。总之，克文所有的作品，发表在《晶报》上为最多，甚至特印信笺，笺之左下端有“云寒（寒云）晶报稿”五字。次则《半月》杂志，再次则《上海画报》《大报》《红豆报》《新声杂志》等。（按：叔选为家骝之字，其夫人名吴健雄。）

袁克文的日记，究有多少册，这是谁也弄不清楚的。据陈灨一说有七册，但钱芥尘说他看到的只有五册。克文生前曾以一千元抵押给芥尘，到克文逝世，张学良瞧见了，很为爱好，芥尘便把其中三册转让给他，芥尘自藏二册，后以七百元让给嘉兴刘少岩（秉义），少岩影印行世，即丙寅、丁卯两册。汉卿的三册携往香港，太平洋战争，香港沦陷，日记也就失掉，无从寓目了。巢章甫说：克文夫人梅真处尚有数册，草率不精。朱其石对我说，有几册在嘉兴于佩文家，其家人不之重，卖给一个卖面商人。但这商人，略有文化，颇知取舍，有的把它垫面，有的收藏起来。日记或许未做废纸处理，可是经过时局变迁，不知是否存在了。现在可以看到的，便是刘少岩的两册，由上海山西路大吉祥印刷厂印，照原本大小，朱红的直行栏，每页右下角，都有“佩双印斋制”五个字，天地头很宽，很多补注写在上面，封面是瓷青纸的，用藏经笺作签条，书名《寒云日记》用篆文写，下有“少岩藏丙子春褚德彝”九个小字，没有定价，可能是当时送人不出售的。内容照原迹影印，精美秀逸，墨色醒朗，不加圈点，而附着泉币拓印，也是很清晰的。第一册扉页为“丙寅日者

（记）”四篆文，右为“正月自日下迁沽上”数字，左为“寒云主人”署名，首冠一序云：“项城袁君寒云，尝手书日记若干卷，自甲子迄庚午，凡七年，年各一册，大抵叙友朋游宴之迹，而于所嗜事物，如图书、货币，亦间有记述。寒云既谢世，甲子、乙丑两册，置张汉卿将军所，沈变佚去。丙寅、丁卯两册，辗转为刘少岩先生所得，余不能详也。人情每见所好，过眼即置之，独少岩豪侠异众，出多金藏其手迹，复不靳重值影印，使留真而广流传，用心之笃，可谁（谓）难矣。余伤寒云之逝，而喜其手泽得长存人间，少岩风义未可及也。共和廿五年三月新城陈灨一。”张汉卿所藏的实有三册，是失于香港，不是沈阳，陈序有误。又武昌刘成禺题诗四首，也是少岩去征求来的。第二册标为“丁卯日记”，末有刘少岩跋语：“古人以日记传者，如元郭右（佑）之《客杭日记》，明李竹懒《味水轩日记》，至今考元明掌故者，犹据二书为考订之资。寒云为项城次子，幼颖悟，受业〔于〕方地山，诗文、古泉学得其师之传，一时名流，皆与之游。书法、辞章、考证、金石，卓然可传。生平著作，不自爱惜，存者仅《泉简》一卷。此外日记七册，虽征歌载酒之余，日记未尝少间。予得其丙寅、丁卯两年日记，多考订吉金、碑版、泉币，所得外国古币奇品尤多（富），均附墨拓本于后，约数十种。书体秀劲，措词雅饬。其述时事者，只忆小桃红词感洪宪之旧事，吊林白水词哀复辟之丧乱，二条而已。其甲子、己（乙）丑年两册，又为沈阳张氏携去，不知今尚存否。幸丙、丁二册尚在，可考〔见〕其梗概。予与寒云无一面缘，然读其‘中天高处多风雨，莫到琼楼最上层’句，未尝不惜其才而悲其遇。使项城帝制不为，寒云以贵公子尽其所学，必可名世。乃天不假年，复潦倒侘傺而没，所留遗者仅日记二册。文人蹇运，良可悲叹！予恐其二册日久散佚，因付影印以传。后之览者，当与郭氏、李氏之日记，同为艺林瑰宝（珍贵）也。”克文讽谏他的父亲不要做皇帝，那两句传诵人口的诗是“绝怜高处多风雨，莫到琼楼最上层”，少岩又说为“中天高处”，那是必须纠正的。至于《泉简》仅登载《半月》杂志，没有单行本，今刘少岩故世了十多年，两册原稿本也不知流落到哪里了。第一册所记往还的，如吴静庵、江南苹、廉南湖、方地山、傅沅叔、杨味云、李壮飞、侯疑始、吴桐渊、张聊子、彭葆真等。所记无非购易泉币，考证古物，以及听歌观剧，与朋友宴饮等事，且时常提到琼姬，可知那时栖琼侍奉着他。日记中间有诗词如《哭倚虹诗》二首，为柔柔作《浣溪纱词》四首，《赠叶针钵诗》，《答林屋诗》，有一云：“自今日始，随手录知见闻于册，揭曰《小箧子》。”这《小箧子》当然也是他著述之一，但没有发表过，现已散佚了。第二册《丁卯日记》自沽上到上海，是正月二十五日与张宗昌同来的，那时往还的，如步林屋、何海鸣、孙东吴、钱芥尘、周瘦鹃、黄叶翁、张树声、刘山农、余大雄、冯叔鸾、张振宇、江小鹣、刘公鲁、俞逸芬、许窥豹、吴窥蠡、张丹翁，及慕邪、世杰、恒甫、鸿翔、辉堂、焕堂、耀亮、寓如等，非常热闹。初寓远东饭店，邂逅圣婉，克文很倾倒，如云："明睐皓颜，冰肌玉骨；相逢把手，俨若故人。"圣婉宴之于所居"素兰室"，他为赋《八声甘州》词，写成四屏赠之。越日，又偕圣婉至中华照相馆摄影，因此圣婉亦常趋谈，为座上之客。日记上诗词更多，除谈泉币外，又谈邮票。吴昌硕为他作书画于象牙扇上，陈澹如精刻。又张楫如精刻禊帖于竹篦，他视为至宝，都把它拓印在日记中。

克文擅制联语，往往极芊绵蕴藉，文采艳发之妙，有时步林屋应酬的联语，也请他捉刀，他一挥而就，很为迅速。有人称方地山为联圣，克文为联贤，原来他们俩既是师生，又是亲家，在制联上也是相仲伯的，现在将他传诵的联语摘录若干于下：

在北京赠春镜楼四娘云："春岁鸩欲啼，马上相逢，为言昨日；镜里花难折，樽前重见，怕说明朝。"

赠春宵楼九娘云："春去春来，门外风花都不管；宵长宵短，楼头欢好自无涯。"

赠醉红七娘云："万古闲愁，凭消月子三分，春风十里；一宵沉醉，安得珍珠百颗，玳瑁双栖。"嵌月珍二字乃七娘之名。

赠初霞云："初时相见，便已留情，况移酒近眉，登楼把手；霞绮成裳，犹嫌污色，愿裁云作履，踏月为盘。"又云："初弦月，初胎花，便尔许相思，春到三分犹隐约；霞锦裳，霞光珮，又无端邂逅，犀通一点已缠绵。"又云：

“何事问眉颦，便是处相逢，春原多丽；无端又樽酒，且今宵坐对，月正初弦。”克文赠联外，更请谢之光为霞画一像。

赠金铃云：“柳绽金时，春色湖边应早绿；雨淋铃曲，歌声天上许重闻。”又云：“金难买笑，玉更生香，比湖上幽莲，湖边明月；铃便护花，阁应巢凤，望天涯芳草，天末惊鸿。”

赠雨香云：“小雨隔帘，重云出岫；微香吹梦，浊酒催吟。”又代人作云：“庭雨宜幽赏，炉香静远思。”

赠蒋红英老五云：“老去闲情东去水，五更残梦四更潮。”老五死，为撰《殉情记》。又挽云：“老眼无花，早说爱莲能自洁；五云长渺，空悬宝剑寄余哀。”

赠小莺莺云：“漫与谈心，衔花偶向南台见；初知学语，选树还来上苑花。”附注：“别京华五年矣，偶来重游，便尔邂逅，兰花深院，尽我低徊，聊写短句，供莺莺一笑。甲子岁朝春，龟庵。”

别有一妓名莺莺，昔名小桃红，先后二名，适同他的旧欢，因有联云：“提起小名儿，〈怅〉昔梦已非，新欢又坠；漫言桃叶渡，〈念〉春风依旧，人面谁家。”又云：“薄幸真成小玉悲，折柳分钗，空寻断梦；旧心漫与桃花说，愁红泣绿，不似当年。”

为凤珠写春帖子云：“泉文美富，洗字吉羊，敢祝向东风，愿凤翼双飞，犀灵一点；帖写宜春，楼名燕子，还来就南国，看珠光万丈，月色十分。”

赠名女伶雪芳云："流水高山，阳春白雪；瑶林琼树，兰秀菊芳。"又赠雪芳妹秋芳云："秋兰为佩，芳草如茵。"

赠名女伶汪碧云云："碧玉环，黄金锁，仙珮丁东，歌舞登场原绝代；云丝发，月弓眉，神姿照耀，江湖满地此钟灵。"

芙蓉草在南通演戏，易名赵桐珊，请克文作嵌字联云："桐柏秋吟，芙蓉夏醉；珊瑚冬艳，草木春芳。"

挽易哭庵盟兄云："三世分明，才子神童来虎阜；四魂归去，歌儿舞女哭龙阳。"注："兄自言为张梦晋三世后身，前二世皆知之，张船山其一也。兄著《魂东》《魂西》《魂南》《魂北》四集。"

挽张锡銮盟兄云："矍铄哉是翁，不遇真龙，空悲射虎；逍遥以容与，中年快马，老去骑驴。"张官辽东，以善骑名，人称"快马张"。

挽林万里云："日下一函书，负汝相期在文字；山阳几声笛，触怀失恸数朋交。"时倚虹新死。

挽况周颐云："继（比）梦窗白石，宿老（老宿）成家，尽低唱浅斟，一代词人千古在；溯沤尹缶庐，殷勤共话，怆小楼清夜，十年江国几回逢。"注云："夔翁词颇自负，然佳固佳矣，持比沤尹，终输一间。方之两宋，半塘，耆卿也；沤尹，美成也；翁则白石也。今工倚声之学者，予所心仪，仅沤尹丈一人耳，伤已！予识翁于缶庐，平生一面耳。"

挽何维朴云："书画承家，三代儒冠寿耄耋；典型遗世，千秋史笔传贤良。"

挽伍廷芳云："长恨望中原，瘁躬乱世；大星殒南海，痛哭完人。"

挽周自齐一联云："干戈俶扰，沧海归来，撒手遽闻跨白鹤；杨柳凄迷，梅花落去，断肠忍使泣红颜。"

李纯死讯传来，克文正在饮酒，酒酣，立成一挽联云："尽狗盗鸡鸣，举眼未逢真国士；空龙蟠虎踞，杀身谁泣故将军。"

梁任公自日本归，嫁女令娴，女婿周国贤，吉期为花朝，克文撰联贺之："今代艺蘅词（令娴所作），三岛客星归故国；传家爱莲说，百花生日贺新郎。"

冯国璋与周道如（坻）结婚，克文贺之云："英发雄姿，争说小乔初嫁了；清才高负，不逢卢象少年时。"

赠黄叶翁云："山林平远倪高士，词句清新李谪仙。"

赠吴昌硕云："趣诣八家，于三绝而外，更能金石；喜（寿）逾百岁，乐一堂之下，几代儿孙。"

赠步章五嵌"林屋山人"四字云："林下疏泉清绕屋，山中幽鸟静随人。"

贺叶楚伧与吴蓉结婚云："一夜入吴，双栖鸾凤；千秋题叶，独占芙蓉。"

偕孙寒崖循梁溪，入太湖，登万顷堂，湖上三山峙立，微雨凭栏，极苍茫之感，曾留题一联云："几席三山，万顷波涛疑海上；湖天一阁，重阳风雨是江南。"

克文宿西湖广化寺之凌云阁，寺僧谷云索楹帖，立成数联云：“四望林峦归几席，千重云水荡胸脾。”寺后六一泉联云：“登凌云阁，涉凌云想；饮六一泉，读六一词。”又云：“右通岳墓，左接苏坟，忠骨香魂都咫尺；后倚孤山，前临西子，潭光塔影共徘徊。”

题鸳鸯湖烟雨楼云：“十顷湖天，鸳鸯何处；一楼烟雨，杨柳当年。”

自题一鉴楼联云：“屈子骚，龙门史，孟德歌，子建赋，杜陵诗，稼轩词，耐庵传，实父曲，千古精灵，都供心赏；敬行镜，攻胥锁，东宫车，永始斝，梁王玺，宛仁钱，秦嘉印，晋卿匣，一囊珍秘，且与身俱。”克文曾刊一印“与身俱存亡”，在爱好的书籍上钤用之。

克文是多才多艺的，又工书法，华赡流丽，别具姿妙，既能作擘窠书，又能作簪花格。他登报粥书，由方地山、宣古愚、张丹斧、冯小隐、范君博、余谷民（即余大雄）代订的小引云：“寒云主人好古知书，深得三代汉魏之神髓，主人愈穷而书愈工，泛游江海，求书者不暇应，爰为拟定书例。”民国十六年（一九二七年）夏，登报粥书，那是在北返之前自订的。如云：“三月南游，羁迟海上。一楼寂处，囊橐萧然。已笑典裘，更愁易米。拙书可粥，阿堵傥来。用自遣怀，聊将苟活。嗜痂逐臭，或有其人。廿日为期，过兹行矣。彼来求者，立待可焉。”有一年，他书兴甚豪，登报减润粥书，一日书联四十副，一夕间尽售去，乃购胡开文古墨，写一百联以酬知好，并用冷金笺临秦权全文屏条，又五九纪念写扇四十把，均录其五月九日放歌：“炎炎江海间，骄阳良可畏。安得鲁阳戈，挥日日教坠。五月九日感当年，曜灵下逼山为碎。泪化为血中心摧，哀黎啼断吁天时。天胡梦梦不相语，中宵拔剑为起舞。誓捣黄龙一醉呼，会有谈笑吞骄奴，壮士奋起兮毋踌躇。”爱国仇敌之情绪，溢于行间字里，确是可佩可贵的文字。

民国十一年壬戌（一九二二年），湖汕大风灾，死人十余万，灾情严重，克文粥帖扇助赈：一为宋宣和玉版兰亭精拓本，装成手卷，克文亲笔题签和引首跋尾。一为折扇，一面拓古金银货币，亲笔题识；一面为其姬人志君亲绘红梅。他写对联，有一特殊本领，就是不用桌子，把联纸悬空，由侍者拉着，他挥毫淋漓，笔笔有力，而纸不坏损，这是一般书家所难做到的。写小字更为奇妙，他终日吞吐烟霞，懒于起身，写时即仰睡在榻上，一手持纸，一手执笔，凭空书之。书成，字迹娟秀，没有攲斜疏懈之病，朋友看到，无不惊叹。当时上海各杂志及小型报，纷纷请他写报头。《上海画报》赠定户的“明星笺”“名花笺”，也是他的题识而景印的。单行本的长篇小说，也请他题签。有一次，陶寒翠以所著的《民国艳史》请他写封面，他一挥而就。后来小说出版，送给他，他一阅之下，大懊丧，原来其中骂他的父亲袁世凯之处很厉害。从此他不再轻易应酬了。

他有时也作画。有一次，见河东君乔装初访牧翁之图像影本，喜临一过，周瘦鹃见而拿去，作《紫兰花片》小杂志插图。又绘有西子湖之雾。又画山水便面赠刘山农，又画松梅便面赠陈巨来，又画梅花便面赠梅兰芳。我的敝箧中也有他所绘的红梅扇，一枝虬屈，着花数蕊，甚为妩媚。又画松梅屏条四，铸版登载《大报》上，并作《画屏记》纪其事。

克文嗜剧，不但深于剧学，还写了许多谈剧的文章，如《氍毹怀旧记》，谈汪大头、小叫天、王瑶卿、金秀山往事。《窥妆楼剧谈》，谈旦角戏。《江湖老伶记》，谈薛瑶卿、吴桂芬、钱金福等，别于都下老伶而言。《说曲》，极推重徐凌云，谓："歌与白，固已超超，然尚为人所易能，其面目之传神表情，则多出天授，且又加以揣练，故能毕妙毕肖，求之昔之名伶中，亦不数数觏也。"徐为上海"双清别墅"主人，于一九六六年春逝世。其它如《爨弄自述》、《天津昆曲家表》、《云裳艳索隐》、《登场琐记》、《粉墨轩渠录》、《粉墨百表》、《瞿俞趣事》、《义伶程艳秋》、《两义伶记》（一谈刘奎官，一谈贾璧云）、《京沪伶人衣饰比》、《释辙》、《一鉴楼歌舞记》、《歌场纪事》、《天蟾名伶小评》、《钟吕正响》、《捧角秘史》、《论学谭调》、《述剧装》、《誉金少梅》、《箴小翠》、《论新剧本》、《白眉王九》（谈老伶工王玉芳）。女伶小桂红夭折，为撰《小桂红传》，并为《悼红集》作序。《寒云说曲》《歌场闲话》《哀潘月樵》《丹桂一夕剧》《岁阑雅集》，谈与童曼秋王艳芳姊妹合演事。《碧艳妙歌记》，谈与金碧艳同演《审头刺汤》事。《梨园景事》，正徐慕云之误。他又自己编了一个理想派剧本《鸡声》。别有一个独幕剧名《光明》。

克文不但能坐而言，也能立而行，自己粉墨登场，现身说法。除上面所谈与童曼秋、王艳芳姊妹、金碧艳合演外，又民国八年，为赈灾出演上海新舞台，冯小隐为编《红拂记》，克文饰李靖。又与潘月樵别演一戏。是年年冬，应张謇之邀，赴南通客串，与小荣祥合演《折柳》，与欧阳予倩合演《审头》及《佳期》。有一次梅兰芳请与克文合演《洛神》，由克文饰曹子建，克文以不日北上辞。又一度与某伶合演《回营》，他饰太宰嚭。又与姚元爽合演《惊变》。又与王汉伦合演《牡丹亭》等于百星大戏院。他的日记中也涉及，如云："王汉伦来，同习《琴挑》表白。"又曾与俞振飞合演《群英会》，克文饰蒋干，振飞饰周瑜，铢两悉称，且饶书卷气，观者无不击节。他谓官生一角，北方推程继先，南方推俞振飞。他又与人摄戏照甚多，如《群英会》，有与程继先合摄的，有与王少芳、夏荫培合摄的。又与王少芳合摄《胭脂褶》。又与汪笑侬合摄《管鲍交》。又演《惨睹》，饰建文帝，影载《游戏新报》，范君博题诗其上云："有脚不蹋河北尘，此身即是建文身。闲僧满腹兴亡史，自谱宫商唱与人。"他演该剧，触及自己身世，沉郁苍凉，回肠荡气。方地山听之，为之潸然下涕。他演《审头刺汤》，小宴惊变，极昆乱之妙。林屋述其串剧经过云："寒云先试乱弹，其声不宜，乃习小面，以白多而唱少也。试昆曲，其声宜，则唱官生、小生而兼小面。有武进赵子敬者，善笛工曲，乃从而拍焉。”又云：“赵子敬谓《拾金》，南北曲也；《惨睹》，小宫调也，此二剧最难。寒云先学之。曰吾若能得其难者，则易者迎刃解矣。而学之半载，白不上口，腔不归工，劝其改习他剧，不听，岂知用志不分，乃凝于神。又数月，豁然悟焉。由是更学他剧，率不过数日即工，然必与善昆者讨论其腔调，考正其字音。其乱弹剧，皆为北京老伶工所授。《审头》而外，尚有《乌龙院》之三郎，《逍遥津》之华歆，《琼林宴》之樵夫，皆工妙无匹。而昆曲中小生、官生、小面剧，其能者数十出。”又云：“寒云善昆曲，尝自谓所学为赵逸叟一派，与吴瞿安、俞粟庐等不同，虽无党同伐异之论，而自负不凡，字准腔圆，确臻上乘，惜爨弄甚稀，音嫌微低，不宜于海上舞台耳。京剧最喜扮小丑，《审头刺汤》之汤裱背，《逍遥津》之华歆，《群英会》之蒋干。每语人曰：“汤裱背、华歆、蒋干诸人，或为小人得志，或为枭雄助焰，或为书呆受绐，其境遇截然不同，现身说法者，应推想其当时心理身分，庶可吻合无间。”

克文的收藏是多方面的，他的弟子俞逸芬有《寒云小事》，谓其师“搜罗之广博，考证之精审，皆足以自成一系统。集藏时间，大约宋籍与古泉同时，而金货与邮票亦不相先后，考其日记可知也。所藏宋本几二百种，因自署‘皕宋书藏’，百城坐拥，殆驾黄荛圃‘百宋一廛’而上之。予藏有《友林乙稿》印本，及先师手写所藏《宋本廿八种提要》，约略可以窥见一斑。《乙稿》序跋以外，钤印特多，如‘皇二子印’，则当洪宪之际，欲藉此以自晦也。如王冰铁所治廿八岁肖像印，则藏书时年岁也。”据我所知，如宋刊本《鱼玄机集》，为黄荛圃旧藏，跋识累累，且有曹墨琴、张佩珊、玉井道人三人所题。知林屋女弟子汪碧云善书，乃以明宫人朱漆粉盒，托林屋转贻碧云，请碧云题写该集上，而具四美。某岁，克文因急需现款，把该集与古泉一箧，向丁仲祜抵押三千元。后傅增湘欲得该集，不惜重价，克文又向丁赎回，让归傅有，书上即有“皇二子印”。东莞伦明《辛亥以来藏书纪事诗》云：“一时俊物走权家，容易归他又叛他。开卷赫然皇二子，世间何事不昙花。”识云：“袁寒云克文，于乙丙间大收宋椠，不论值，坊贾趋之，几于搜岩熏穴。又多内府物，不知如何得之也。项城败后，随即星散，大半为李赞侯、潘明训所有。诸书首皆钤‘皇二子印’章。”他又获得宋代原刻三坟之书，以证三坟古有而火于秦之说为不确。

古泉收藏很多，如王莽布泉、铅泉、银泉、金错刀，宣和元宝银小平泉，方地山便以政和元宝和银小泉赠之以为耦，原来政和皆通宝铁泉，重宝已希有，元宝泉那是很珍奇的。后来方地山既得金代崇庆通宝，贞祐通宝泉，知克文有金天兴宝会小泉，以汉莽货泉压胜奇品作为交换。又从董康经处易得元承华普庆泉，银质，为元小泉中所仅见。他很喜爱，佩不去身。一日易衣，忘未解下，便被浣衣人窃去，他非常痛惜，悬二百求之，不得。过了数年，忽有人持泉求售，即为该泉。失而复得，他又大为庆幸。又南北朝宋废帝的永光泉。泉品之繁多，那是不胜枚举的，他的《钱简》《古逸币志》《古泉杂诗》《货腋》等作品，是连篇累牍的谈着。他又写了一篇《还泉记》，纪与人交换泉物的趣事。原来他以徐天启小平泉，易方地山金铜銙牌；以元皇庆通宝小银泉，易黄叶翁汉鎏金九狮纽梁玉玺；以蒙古大朝通宝小平银泉，易丹翁宋拓明拓合璧汉景君铭。可是这三泉，为他囊中的最上品，尤以大朝泉为元没有建元前之年号，载《山左金石志》，为世所寡有。易去了，时萦梦寐，不能或释。后来丹翁知道了，以大朝泉见还，且知彼好汉碑，亦不索归原物。他觉得过意不去，把奚铁生、魏柳洲合写的唐宋词八种为报。丹翁素喜长短句，欣然持去，也就各得其所了。又太平天国金货，重九钱七分。据云虽造成，而西洋各国，以太平天国非正式成为一国，不许通行，天王一怒尽毁之，此枚流出很不易。研究太平天国史料的简又文，曾约一观。

又太平天国纪元银锭，又徐世昌大金币，和银质的徐世昌纪念币相同，那是把银质币的模型而铸金的。又清饷金，乃左宗棠西征时所造，与饷银饼并行。又光绪银元有回历一千三百十二年字样，那是行于西陲的。又乾隆五十八年所铸银币，当时廓尔喀侵西藏，既平，铸以颁赉藏人者，侯疑始得于京中，转让克文。又西藏古金币，那是黄叶翁于清季官都中，西藏喇嘛入觐，翁于喇嘛随从中易得五枚，以其一贻克文，克文有西藏银币二，分其一为报，古金币上有回文，不认识，克文拓出，登报请人译之，愿酬所书屏条四幅。又把所藏五十金泉，风花雪月大秘戏泉装成小椟，椟盖方地山书，金铁芝刻。他又从中国古泉推而广之，兼收并蓄各国金银稀币，如古印度银泉，为张叔未旧藏品，又古印度金货，葡萄牙古金币，乃七世纪物，曾载倪氏《古今钱略》。又昭通年号的安南银币，乃余艇生藏，以赠克文的，载《古泉汇》。又法国二十法郎金货，上有拿破仑像。又十八世纪意大利联邦威尔斯共和国银币。又十九世纪的金货。又埃及一百僻阿斯特金货。又韩国光武二十圆金货。又希腊若耳塞第一世金货。又保加利亚匪地难德第一世金货。又塞尔维亚米兰第一世金货。又罗马尼亚加罗一世金货。又日本元治元年银钱。又古东罗马金货，上有东罗马帝福加司像，以三百元购得。又法兰西沙尔第十金币。又拿破仑一世金币。又罗驾古铜货，正面有尼禄像，背面为女神。另一铜货，正面戈谛安像，背面为女神。又英吉利佐治第二世币。又爱德华三世币。又日本古金币，一安政，一天保，二百年前物，是黄叶翁之友颜仲留学日本时所得，易克文书联，克文写二联报之。一："沧海万流曾濯足，春淞一翦且浮家。"又一："抱癖嗜痂君独异，笼鹅换字我应惭。"克文又取自藏的金银货币，精拓各二纸，凡二百余品，用玉版宣纸，装裱成四厚册，每纸都以精楷亲加题注，外用明瓷青纸为衣，颜曰

“世界古今货币一斑”，共两部，一自存，一让人。总之他所藏的共有七十余国，并征求“世界货币图谱”。这许多金质稀币，后来生活困难，都由周作民介绍向金城银行作贷款质物。

他不仅收藏硬币，纸币亦兼收的。曾登报征求纸币：“中国古旧已废之纸币，宋代曰交子，曰会子。金代曰宝钞，曰宝会。元明清均曰宝钞，清又曰户部官票。如有以此数类见让者，毋任欢迎。”

邮票也是他集藏的一部分。他的集邮是来沪后，由周今觉启发的。今觉在《晶报》上写《邮话》，他也在《晶报》上写《说邮》，常赴中华邮会物色佳品。他所藏有清末库伦寄北京的邮函。这是蒙古初设邮政第一次寄出，印文“蒙古库伦己酉腊月初四”，蒙古邮政局即该月初四日成立的。又邮函背贴海关大龙文券五。函面贴法兰西券二十五生丁一枚，西元一千八百八十六年自天津寄往德意志者。又清红印花三分暂作三分邮券倒盖。又万寿倭版大字八分短离券。又台邮古券二品。又以四千金购一邮册，他列有“邮集珍品目”，如海关小龙券五分褐棕色，万寿上海版全新无水印，万寿小字加盖三分作半分缺“2”字，大字长距离四分作四分，廿四分作三角，日本版十二分作一角，短距离三分作半分倒，第一次日本版二圆，汉口临时中立一角六分，及五角，南京临时中立二圆及五圆，伦敦加盖四分倒，二圆宫门倒印，福州中立欠资，自半分至三角，海关加盖四分及一角等。又以千元向德意志人易得一九二七年的《世界邮钞年鉴》。

印章颇多名贵珍稀之品。如汉代私章牧躬印，汉溧阳侯印，汉秦嘉印，汉陈成印，玉质，佩不去身，在沪被妓流所见，攫去，谭踽庵夺回，后与丹翁易物，心不释，仍易归。汉白琉璃印，白若羊脂；汉缘琉璃印，绿若翡翡，成为一对隽物。又匈奴官印，又东晋虎头将军印。又梁孝王玺，玉质，自黄叶翁处易来。又梁庾信玉印。又明杨继盛朱文印，认为忠烈遗物，辉映天地。又绛云楼书画印，象牙质，白文，鹿纽，高寸许。又柳如是联珠铜印。又卞玉京牙印，作卞赛朱文，瘦劲有力，克文自谓："触手腻泽，疑有脂痕在焉。"又薛素素联珠印，云影环纽，黄金铸成，重九钱七分，因撰有"明侠女薛素素金印记"。又赵悲庵摹汉镜铭石章。最名贵的，当然要推刚卯和严卯了。他得刚卯于西子湖头，白玉明润，如冰如雪，隶文浅刻，直一小汉碑，诧为奇宝，颇以不得严卯为匹，引为遗憾。丹翁告之，严卯为道州何子贞曾孙星叔，见之于吴门潘氏，粥三百金，星叔力不胜，便由丹翁得之。克文愿以千金重宝及宋刊《韦苏州集》易归，与刚卯合。丹翁允之。该印为玉质，长寸有二分，方六分。克文因名其居为"佩双印斋"，作文纪其经过。既而有人认为克文以重宝易赝鼎，克文听了大发脾气，在报上刊登广告，征求刚卯、严卯："不佞比千金宝易严卯，人皆目为痴，不知人之不痴者，岂足与言好古哉！或竟谓严卯为时人所造以愚不佞者。不佞诚愚，而时人有此神技，可以颉颃周秦，超迈魏晋矣。既有此抱神技之时人，则刻制易易耳。兹特悬两千金，如有以刚卯严卯类于不佞所藏而见让者报之。仅有其一者，刚卯报金五百，严卯倍之。”后来何星叔有诗贺之云：“二千年后求知己，双印斋中有主人。已幸燕环归寝阁，更看龙剑合延津。摩挲字比金刀古，赠答情如玉案新。笑我西施亲网得，却无艳福享横陈。”又克文有《洗印记》，亦纪其得印之奇迹，略云：“……于洹上农家，以玉珮及银币二，易得魏武帝幼子曹整印，适端陶斋信宿村中，便持印往质，端据印赞叹，称奇者再。取印泥拓数纸，印留无还意，且即日欲行，忧之。会群饯端于别馆，乃乘隙入室，怀之以归。后印一度堕颐和园，再堕于西苑之北海，悬赏求得，又为友人巧取而去，以计赚归，系襟带间凡十年，既而与古匈奴玉玺，汉秦嘉玉印，汉虎牙将军银章，同藏宋代错金镂银宝匣中，日夕置枕侧。一日，出印摩挲，坠唾盂中，加以洗拭，忽露光色，用布磨擦，采泽毕现，乃古之紫金。认为获于十载前，昭于十载后，喜而写《洗印记》纪其事。”至于这个铁匣，旧为阮元藏秦汉印的，方地山以四百金获得，克文爱之，以明刊《左氏春秋》、清刊《四朝诗》易来。

其它珍藏，首为商鉴，出土于岐山下，丹翁于阎履初处得之，故后归克文，上有象影文字。黄叶翁为撰《商鉴释文》，有云：“丹斧藏陈簠斋镜拓百七十种，徐积余所藏镜三百余，合余所自藏及友人投赠拓本，为各书所未著录者，亦数十品，其时代皆不越炎汉而上。他若考古博古诸图，西清、宁寿两鉴等，数十年虽一秦镜且未之前闻。宋以来杂家小说，若《侯鲭录》《西溪丛话》《七修类稿》等书，好载奇伟镜文，亦从无此鉴之奇者，砾秦躐周，俯视汉镜不异孙曾，故余信为三千年创见之奇宝也。”因榜所居为“一鉴楼”。又商钿银车饰，又商琮，谓可比吴大澂之夷玉璇玑。秦权有黑的，有金铜合造的。又秦诏版，玉质，又周镮范，铜质。又楚夹敖玺，又赵东吴车饰，铜质。又宋宣和玉兰亭，乃道君皇帝缩临，尾有跋语，倩名手精拓四纸，点画清朗，足为楷法良范，以玉盖损，不能多拓，一自存，一赠方地山，一赠黄叶翁，一登报出让，或以易物，后由署名自娱斋主的以米襄阳书册易去，书册凡二十叶。

书画方面，他所以署名寒云的《蜀道寒云图》，是足以代表的。又唐人写《洛神赋》。又有宋赵大年《风尘三侠图》精品，以不喜巨幅，拟让售，授诸范仆，结果被一姓宋的骗去，且避而不见，便登报限三日内把画送还，后来不知是否珠还合浦。明女史马邢慈静画观音，纸本白描，称为妙品，罗两峰所绘的《舟中吟诗图》，是为翁覃溪而作的。又吴梅村书札，别有牙牌酒筹，百年上物，命其长媳初观摹录，发表在《晶报》上。时人之作，他也很珍视，如陈巨来为他刻的象牙六面印，他认为其中“君子豹变”一印，与汉印同钤，不能辨别。集《峄山碑》字书联赠之：“制书刻辞，能为金石；长年久乐，道在高明。”又王克琴绘牡丹，梅兰芳绘红衣达摩合锦扇，又临沂崔涤亵以桃核精雕达摩像赠克文，他说“不让古之核舟”，酬之以诗。梅兰芳以画鸡竹直幅赠克文，克文题之云：“行思画重宣和谱，千载梅家又见君。雄汉雌秦超象外，漫持翠帚拂青云。”注：“《宣和画谱》：‘梅行思画鸡最工，号为梅家鸡。’”克文又画梅花便面酬梅兰芳。方地山为作“豹岑”嵌字联：“窥豹一斑容我说，遥岑寸碧与天齐。”又余冰人书扇赠给他，他再索沈寿小绣品，颇以未获为憾。

克文的收藏面很广，香水瓶也是他所爱好的，他认为香水瓶晶莹剔透，精巧玲珑，制作各各不同，尤其是带有香泽，一瓶在握，似亲绝世婵娟，这是很好的玩意儿。他的日记，便有一则：“归途市得［法兰西］香水一樽，香静而永。樽以白琉璃雕（琱）弥勒［佛］像，欢喜庄严，仿佛唐造像焉。”所以他的居室中，往往把香水瓶杂置在铜瓷玉石书画骨董间，虽不伦不类，然有高有矮，有方有圆，有大有小，有浑有扁，错落散列，却也光怪陆离，不可方物。

他又喜藏秘戏图，既有秘戏泉币，又欣羡曼青的秘戏小镜，为题二诗：“并头交颈镜中窥，相对何须更画眉。此是同心双结子，曾从袖底系人思。”“六朝小镜范菱华（花），堪与摩挲遣有涯。何似大泉图秘戏，横陈一例尽无遮。”他搜罗的秘戏图，有中国的，也有外国的，尤以法国的一套，设着彩色，最为冶艳。他又登报征求裸体美人照片，亦获得相当数量。

谈到嗜好，他的鸦片烟瘾很大。这时的大米大约每石十元，他的鸦片烟的消耗，每天却非二十元不办。原来他没有事做，总是一榻横陈，无限度的吸着，朋好中的瘾君子，也来帮他狂吸。替他煎烟的当差，多少揩些油，所以这二十元一天的鸦片消耗，并非惊人之笔。他因高卧惯了，除却出门，总是短衣，不穿长袍。朋好来，也是短衣相见。他又懒于出门，几件长袍，老是挂在衣架上，难得穿着，尤其寒暑易序，一搁数月，他自己也忘记了，佣仆们往往偷他一两件出去卖了，他糊糊涂涂不加查问。但是说他糊涂，他有时却精细得很。厨子买了一只鸡回来，他却问若干钱一斤，共若干斤两，厨子回答了他，他说："你去找个秤来，让我亲自秤一下。"为了抽烟，起身很迟，有人去访他，在晚间九时左右，总以为这时他必定起床了。不料到了他的寓所，他尚高卧未醒，由他的小舅子唐采之出见，且深致歉意，说他起身，大约再要过两三个钟头，请稍迟再来。又道："明天一早来，也可以见到，因为这时尚未睡觉，过午又复蝶梦蘧蘧了。"颠倒昼夜如此，难怪不能永寿。后来他也觉得这样下去，与身体健康有关，便立志戒烟。他在丁卯八月十九日的日记中云："延浦生应仙以其自制丹药，为予戒绝莺粟膏之嗜，即自今日始，永与之绝。"二十日云："痼疾既除，身体（躯）遽爽。早起，偕佩文访芥尘。"二十一日云："雨，寒，微不适。林屋来，劝予仍进莺膏（胶）。予略进，呛逆不可［入］，亟弃去，誓决不再进。"二十二日云："仍服浦生药，疾良已，衷怀快甚，知从兹烟癖断矣。芥尘来。”二十八日云：“得眉云书。予自除痼疾，饮食渐加，起居有序，十四年之束缚，自此解矣。”

过了若干时期，克文体觉肥硕，貌交丰腴，曾摄了小照，与未戒时之照片同刊登《晶报》上，这样一宣传，浦应仙的戒烟丸生涯大好，他在门上挂着“浦子灵速戒烟丸”的牌子，可是一般文化较低的人们便称他为“浦子灵”。他也以浦子灵自居。这和上海的“美丽川菜馆”，大家呼它“美丽川”同一笑话。

他因烟癖故，嗜进水果，更喜啖荔枝，品评之下认为：糯米糍为最佳。桂味荔枝，肉坚皮厚，刺凸味甘，微澹而芳［逸］，尤上品也。烟癖既除，嗜进水果如旧。

他喜欢照相，在杂志及报上见到者，如丙辰年他年二十七岁，在北京西郊玉泉山畔摄一影，称为“听泉图”，范君博题诗，有“此中过尽惊鸿影，多汝王孙听水流”之句。又清京官时代御朝衣冠的小影，又与眉云合影，又与佩文合影，又与周南陔、周瘦鹃结盟弟兄合影。又天马会中影，又游西山碧云寺与江南苹、栖琼合影。又戎装影与何海鸣的儒服影并刊《晶报》。孙癯蝯题一谐诗云：“伟人未必非公子，公子何尝不伟人。颠倒衣裳为狡狯，教人疑赝又疑真。”注云：“寒云海鸣二君同时以其小影，揭诸《晶报》，以两人貌肖故也。一戎装，一儒服，若非张丹翁为之题识（按：海鸣上冠以将军，寒云上冠以公子），咸疑戎装者必海鸣，儒服者必寒云也，乃竟反是，奇已！余与寒云稔，海鸣则未谋面，姑就小影，为求辨别，则寒云戎装而书生文秀之气睟然见于其面，海鸣虽儒服而其眉宇之际，稍含杀伐气象，为寒云所无者，此则两君面貌之同而不同者也。”与汪笑侬合摄戏照，揭载《晶报》，张庆霖谓为“盗宗卷”，刘公鲁谓为“管鲍交”，引起争论，互相攻击。结果克文作一谐诗以解纷。又与王秀英、富春楼六娘合影，克文居中，王在左，富在右，颜之为“拍肩图”。克文很昵六娘，赠以一匾“海上潮声”，取唐人“潮声满富春”句意，后毕庶澄征召六娘，克文踪迹才疏。又与圣婉合影，又与碧云合影，赠给周瘦鹃的很多，惜经战乱，或已散失或以受潮漫漶，完好者只留一帧。喜观电影，与电影界人士颇多往还，管海峰摄一片，名《红粉骷髅》，即以“袁寒云编剧”为号召。

克文爱猫狗，有一次他的爱猫病了，登报征求药方云：“家育狸奴一，已十年矣，日随卧起，能窥人意，比忽右目流水，色紫如血，而凝如珠。不佞不知医术，敢乞善育猫者，能惠方愈之，当厚酬无吝。”有一次登征狗：“予夫妇皆爱狗，而予尤喜其小者。前岁曾登报访求，笛工程桂生引一鬻狗者来，袖藏两小狗，毛色如一，长仅五寸弱。予时正入寝，佣妇忘言之，此狗遂为他人所得。予至今戚戚憾焉。如海上人士，有以此类小狗见让者，除酬厚值外，更以拙书联屏为报。今予豢二雏狗，长五寸强，一金黑，一黑白相连，日日躬为洗浴，颇以为乐。惟恐渐长渐大，不如生成小狮子狗之怡人也。”他自沪返津，把所蓄猫狗，带回津寓。又在《晶报》上登一书画易物广告：“凡读本报者，不必现金易书画，只以下列各品相易可也：一、邮票奇品；二、北京种极小狮子巴儿狗；三、古泉；四、裸体照片；五、关于金银货币及邮票之英文书报及明信片。”

他又喜玩牌，且带些研究性质。有一次，登报征求纸牌：“不佞前作《雀谱》，未竟而辍，屡欲续之，辄以事阻。今拟专事足成，谱后并附《详考》一篇，厥考必广求物证，博采众言而后始可作也。兹已求得明马吊一具，凡四十张。原牌为贵池刘氏所藏。公鲁影印见惠者，此即雀牌之本源。如有以各省县之纸牌，无论何种见寄者，每副酬例如下：（甲）十元至二十元（必清光绪以前所制，而有年号印记可考者，或系明末清初古旧之物亦可）；（乙）五元至十元（精美或古雅者）；（丙）一元至五元（略佳而完美如新者）；（丁）一元（寻常之牌可留者）。污损不全者俱不收。新制重样者，先到者留，后到者寄还。古制及精美者，先后到俱酬值。如有寄惠佳者，加索不佞事件，亦可报命。如有以明马吊牌原牌见让者，至少酬四十元，并加赠精写书件。如有以古制竹骨象牙之牌见惠者，酬值尤从优。厥谱编成后，由《晶报》馆专刊成书，并将各种纸牌逐式影印，附于考后。凡寄牌者，另各赠《雀谱》一册，多索数册亦可。如有以《雀牌考》见示者，酬例如下：（甲）每篇五元（须详明确实）；（乙）每篇赠二元价值之书一册；（丙）酬《雀谱》一册。乙甲各加赠

《雀谱》一册。此启。”附告：“明马吊牌有二十万贯至万万贯诸牌，全副共四十张。”可是后来晶报馆没有印行该书。另一小告白：“昆山及驷马桥人士公鉴：马吊牌又曰叶子，又曰马掉脚，脚或误为角，始作于昆山，既畅行于驷马桥。二处人士如藏有此物，可以见让者，当按前例厚酬。牌可由邮局快班寄下，无论先到后到，一律有赠。”

克文最脍炙人口的诗要推“绝怜高处多风雨，莫到琼楼最上层”那一首了，但谁也记不得全诗。三四十年前周瘦鹃知道我写袁克文往事，便把它载在《紫兰花片》中的《历史中有位置的一首诗》全文见寄，原原本本，这是很珍贵的资料，现在把它录在下面：

> 《星期》周刊中的健将毕倚虹做得一手好小说。这回他从西子湖边赶来顺便要见见寒云，寒云也很要见见他，便推我做了个介绍人，同着倚虹上寒庐去。两下里一见如故，促膝深谈。倚虹忽对寒云说：“你有一首诗，将来在历史中有位置，就是民国四年份，反对洪宪帝制而作的。”寒云道：“不错，当时曾有这么一首诗，可惜我不留稿，又是健忘，如今竟想不出说些甚么话了。”那时我在旁沈吟了一下，只记“莫到琼楼最上层”一句，任是用了九牛二虎之力，再也记不起第二句来。昨天偶翻旧报，却翻见了这首诗，即忙录在下边。诗题叫作《分明》。那诗道：“乍着微棉强自胜，阴晴向晚未分明。南回寒雁淹孤月（克

文南游一次)，东去骄风黯九城（指日本交涉）。隙驹留身争一瞬，蛩声催梦欲三更。绝怜高处多风雨，莫到琼楼最上层。”看到末二句，便明明说皇帝是做不得的。孙伯兰也就根据了这首诗，宣言反对说：“项城的次子克文，也不赞成帝制，何况别人?”那时正在帝制运动极热烈的时代，寒云作这首诗，自有莫大价值，倚虹说“将来历史中有位置”，可不是过甚其辞呢！

克文和毕倚虹交谊是较厚的，他和毕家有亲戚关系，可是他们两人慕名而不相识，直至后来，由瘦鹃介绍才得握手。倚虹作《人间地狱》说部，克文撰了篇序文，并有附录，述及彼此的关系。如云：“今世为小说家言者众矣，坊肆之间，汗牛充栋，其能与古人相颉颃者，鲜有见焉。昔予读春明逐客所撰之《十年回首》一书，辄叹为非近代所易有，而向往其人。后于海上，与逐客以文字相过从，始知逐客，即予十五年前故人毕遁盦先生之哲嗣，亲家方地山师之表甥，合肥李伯行太姻丈之外孙婿也。姻谊渊源，交益亲密。比至，逐客又草两说部，一曰《人间地狱》，多述其经行事，间及交游嘉话。其结构衍叙，有《儒林外史》《品花宝鉴》《红楼梦》《花月痕》四书之长；一曰《黑暗上海》，则是海上近时之罪恶史也，可与李伯元之《官场现形记》、吴趼人之《二十年目睹之怪现状》并传，视之《十年回首》益精健矣……”都是推崇备至，而不免过火的。克文撰有一联赠倚虹："山色湖光维几席，琼思瑰藻纳心胸。"且为倚虹题"冷泉鉴影图"。及倚虹死，克文在津哭之以诗，有"太息江都真慧语，不才乃得永天年"之句，原来江都方地山有是诗，倚虹只三十五岁，也是不永年的。克文日记中载着："得海上人书，悲悉倚虹病殁，挽之曰：'地狱人间，孰能赓述？论当世才名，自有文章不朽；桃花潭水，君独深情！念西风夜驿，空教涕泪长挥。'上联指所作《人间地狱》小说，下联谓予前岁北来，君送别车驿，欲伴予渡江，再三谢阻始罢，不期自兹遂不复相见矣，伤哉！"（按：《人间地狱》倚虹所撰者六册，后由包天笑赓续二册。）

克文津寓在地纬路六号，但他却喜欢住在国民饭店，开着长房间，朋友找他，大都到饭店相晤。地纬路的寓所，由他的母亲（不是亲生的）和夫人梅真住着。他有时候回家，一探母亲和他的夫人，家人待之如宾客，探视毕即行，仍赴国民饭店。有一年的大除夕，他忽然大哭，谓："既不得于父兄，又不得于妻子，家庭骨肉之间，有难言之痛！"究竟是怎么一回事，外人就无从知道了。

民国十二年十月，他为子纳妇，北上。海上友好，设宴祖饯，有孙东吴、严独鹤、周瘦鹃、丁慕琴、沈骏声、步林屋、宣古愚、毕倚虹、戈公振、王钝根、余大雄、张舍我、张光宇、谢介子等。克文写了篇《离筵小记》，群弟子又饯之于"新园"，并摄一集体照片。克文又有《新园照景记》，记述其事。涉及诸人，如俞子英、梅慕陶、王小恒、朱烈桢、李耀亮、陈健生，都是他的弟子。他又有《临岐诗》，毕倚虹、张丹翁、周南陔、陈飞公都有和作。这次他不久即来沪。民国十三年十二月十三日，他又由沪返津，同行的为他的门人沈国桢、李鹏飞、俞子英及朱烈桢四人。在北上之前，先把上海寓所退租，住到远东饭店，朋好往往挟纸乞其挥写。他兴酣，落笔狂书，顷刻尽数十纸。饭店侍役见而羡之，也求他写数字，他却一视同仁也书联以赠。当时倚虹有《留云琐记》纪其事。克文对步林屋说："兄好长句，其为我赋宛转之歌，使兄之寄女晚香玉书之。"林屋应允，后果践诺言。克文在临行之前夕，诗兴大发，呼酒，拉周南陔、毕倚虹及其门人梅慕陶痛饮，且倡联句。诗成酒阑，天已大明，行装待发了。到了天津，杨庸斋宴之于其私宅，并约善歌者相聚一堂，有魏易、恽澜生、胡嵩甫、顾公可、翁克斋、朱幼泉等。豪竹哀丝，极宾主相聚之乐，又与侯疑始及五弟规庵饮酒赋诗，排日为欢，连写若干篇小纪，寄给上海《晶报》。

他和上海《晶报》的渊源，是很久的，最早是在民国八年开始发生关系。那时《晶报》辟有"三日一人栏"，就是每期有一社会名流，为该报写几个字，铸版刊印在报端。四月，克文为写"谈天雕龙"四个字。五月，他的夫人刘梅真又为写"董史齐谐"四个字，当然都铸版登载。六月，克文又集六朝人写经字，由梅真双钩，且附信谓："读《晶报》，得佳趣，集十六字以祝万年。除印入大报外，可用原纸属商务馆制版，以中国纸印成信笺，分酬投稿诸君。”后来余大雄果然印了一些信笺送人，但所印不多，送人亦不普遍，现在一张都找不到了。

余大雄对于克文是很殷勤趋奉的，每月致送稿费，但克文自己是不受的，由他的小舅子唐采之领用。原来克文有一笔特殊收入，即河南焦作福中煤矿公司，月送六百元干薪，因公司主持人为袁世凯旧部，知克文生活不裕，所以每月致送不断。直到北伐后，公司主持者易人，干薪也就停止。所以他就靠卖字卖古董为生，不能过那豪奢富丽的生活了。

克文在报上，时常与人发生笔战，如与胡寄尘，因谈新体诗问题，意见分歧，互相诘责。有一次，克文撰《罪言》一文，力斥当时一般纯盗虚声的文学家，用韵不当，不谙小学，暗中是指姚鹓雏而言。当时有署名健民的，写了一篇《与寒云论小学》，又力斥克文所书不合小学，谓：“何寒云方慨小学之衰乱，而躬自蹈之乎！”既而姚鹓雏致大雄、丹翁书又力斥克文之不知古韵。克文又写《谢罪》一文向健民、鹓雏打招呼。后来胡寄尘写了一篇《大家都错了》，开玩笑说：“《晶报》上寒云说鹓雏错了，鹓雏又说寒云错了；马二先生说涵秋错了，涵秋又说马二先生错了。可以说：寒云、鹓雏、马二先生、涵秋都错了，不但他们错了，连丹翁也错了，为甚么呢？因丹翁硬要把这几篇文章登出来，所以说丹翁也错了。不但丹翁错了，连我也错了，因为我硬要做这篇文章，所以说我也错了。然而我明知道是错，还要犯错，分明是双料的错。我知道丹翁登这些文章是错，我还要强他登我这篇文章，又分明是双双料的错。”大家看了一笑而罢。又周今觉化名炁公，在《晶报》写稿。有署名“笑禅”的，向炁公挑眼。今觉误笑禅为克文，便向克文反击。克文写《告炁公》一文，却大叙世交戚谊，说：“炁公乃周玉山姻丈之文孙。”（按：周玉山即前两江总督周馥）丹翁谓：“克文不过想做个太老伯罢了。”今觉又猜“笑禅”为林屋，林屋又有《答炁公》；有猜瓘蝯，瓘蝯也有文不认，直使今觉莫名其妙。

癸亥岁首，克文忽在《晶报》上刊载《自约二事》云：

> 化名骂人，为最不道德之事。往者，不佞犯之屡屡矣。清夜自思，愧悔交并。今特自约，自癸亥正月始，凡披露本报之文，除用名外或署寒云，决不再自欺欺人，而劳读者之测度也。又讥弹政事，针砭世风，为记者之天职，曷敢自弃。若攻揭隐私，肆意诟詈，快一己之口舌，败他人之声誉者，施予不当，即是罪恶，当力忏除，勉毋陨堕。至于巨猾老奸，元凶大恶，应加诛伐者，不在此例。

克文与余大雄相处是较好的，且和大雄的父亲艇生也有交谊。艇生与张叔驯藏泉都是很多，大雄一一拓了，拟印成《泉鉴》一书，请克文任勘注。可是克文只作了一篇序文，没有勘注，书也没有印成。有一次大雄不知在哪获得袁世凯《戊戌纪略》手稿本，下有“八月廿五日书于小站营次，交诸子密藏”等语。给克文辨真伪，克文一阅之下，觉得可疑，便写了一篇《戊戌纪略书后辨》，谓：“先公有《戊戌政变日记》，详纪靡遗。予读之，略忆始末，故作《定变记》以纪之。今读传录之《戊戌纪略》，谓是先公遗著，中皆泛论，而无事实，与予旧读之日记不同。疑是洹上记室，见先公日记，既欲白先公之苦心，而又虑招人之忌怨，故隐其事实，衍为泛论。先公虽既疏文字，若‘通籍’二字尚非不解，胡竟以通籍自引，此必非先公自撰，可断言也。”按以上云云，那么现在作为史料考证的《戊戌政变纪略》，也就靠不住了！

他和张丹翁也时相调笑。当时张恨水把丹翁两字译作白话“通红老头子”，克文便作碎锦格诗钟云：“极目通明红树老，举头些子碧云残。”又时而相龃龉，有时又和好无间，彼此交换古物。

丹翁的《粥书润例》，便是克文所订的，谓：“丹翁获汉熹平漆书，因窥隶草之奥，藏唐人《莫高石室记》，遂得行楷之神，施于毫墨，极尽工妙。”对于丹翁的书法，始终是推崇的。我的箧中有克文手稿《篆圣丹翁》一文，似乎没有发表过。原文录之于下：

今之书家，学篆籀者夥矣，而能真得古人之旨趣者，盖寡，或描头画脚，或忸怩作态，则去古益远。

> 在老辈中，惟昌硕丈，以猎碣为本，而纵横之，而变化之，能深得古人之真髓者，一人而已。昨丹翁兄见过，出示所临毛鼎，予悚然而惊，悠然而喜，展读逾时许，而不忍释，盖丹翁初得汉简影本而深味之，继参殷墟遗契之文，合两者之神，而出以周金文之体，纵横恣放，超然大化，取古人之精，而不为古人所囿，今之书家，谁能解此耶！其微细处，若绵里之针，其肥壮处，若庙堂之器，具千钧之势，而视若毫毛，吾以为三代人涂漆之文，不过尔尔也。予作篆籀，尚拘守新象，而丹翁则超超于象外矣。俗眼皆谓予为工，而不知其荒率者，难于工者，百倍犹未止也。工者循象迹求，犹易以工力为也；率者神而明之不在方寸之间，无工力不成，无天才亦不成，岂凡夫俗子所能梦见者哉！予能知之，黄叶师能知之，恐再求知者，亦不易也。予读其所作，懔然有悟，它日作书或可进欤！予尝曰：秦以后无篆书，晋以后无隶书，今于数千载下，得见古人，洵予之幸也。

虽多过誉，然论书亦颇有见解。

克文对于南通张季直（謇）深恶痛绝，虽到过南通，参与通俗剧场客串，备受张季直的优礼，但回沪后，一再在《晶报》上讥骂张季直刊登《箴更俗剧场》《南通小记》《南通竹枝词》等，都对张季直作了贬语，更反对张氏为了梅兰芳与欧阳予倩作“梅欧阁”。当张七十寿诞，他撰了副寿联“江北大皇帝，天南老寿星”来骂他。原来张在家乡有“土皇帝”之号，克文所以讽笑出之。张看了大不高兴，没有把这联张悬礼堂上。克文为了沈寿事，很同情于沈寿的丈夫余冰人（觉）。他有一封复余冰人的信，公开在报上，如云：

> 冰人先生辱覆，悲感沉痛，欷歔久之。以尊夫人之才之艺，竟遭此厄，冒终身不白之冤，抱弥天长恨而死，人神同泣，江海永哀，天下闻之，应为愤慨。若某老伧，人首兽心，妄窃时誉，三百年后，自有公论，秦奸铸铁，当世未尝不赫赫也。真投彼豺虎，豺虎不食之徒。尊夫人在天有灵，必有以诛。亟望见过，畅言其详，弟虽不才，尚能以口笔布远其恶，使天下后世毋为所欺焉，兄以身受之痛言之，自足昭重，温犀秦镜，奸不可遁矣。敝报嫉恶如仇，直书无隐，利势不可屈，威武不可夺，故于兄之恨事，深愿披露。非若其它耸于土皇之尊，甘低首下心，为之臣奴也，临颖企盼，鹄候宠光，此复。

竟呼张季直为老伧、为秦奸、为豺虎不食之徒，其痛恨可知。未几《晶报》上便刊出赓续若干期的《余觉痛史》。

谈到克文的仪表，温文尔雅，举止洒然，不蓄髭，御眼镜，常戴六合帽，帽上缀着一颗浑圆光莹的明珠，或灿然生辉的玭霞。这是北方宦家子弟的气派，他还是习染着，服御很整洁。逢到严冬，他穿着一件海龙皮裘，价值很高，他也非常珍惜。至于西装革履，他不喜欢，所以生平从未穿过。

有人仿明末四公子及清末四公子之例，创为民国四公子。所谓民国四公子，是那些人呢？那就是张作霖的儿子张学良，卢永祥的儿子卢小嘉，张季直的儿子张孝若，袁世凯的儿子袁克文。至于醇酒妇人，则袁克文便可上比战国时代四君之一的信陵君。（按：林庚白说，民国四公子，无袁克文份儿，而是孙科，因为民国五年以后，袁世凯已非风云人物了。——编者志）